ROBERTO VILLAR
MIGUEL VILLAR

El caso Rawson

La inquietante historia
del hombre de formol

℘

ALMUZARA

© Roberto Villar, 2024
© Miguel Villar, 2024
© Editorial Almuzara, s.l., 2024

Primera edición: enero de 2024

Editorial Almuzara • Tapa Negra
Director editorial: Antonio Cuesta
Editora: Ángeles López
Corrección: Carmen Moreno
Maquetación: Joaquín Treviño

www.editorialalmuzara.com
pedidos@almuzaralibros.com - info@almuzaralibros.com

Editorial Almuzara
Parque Logístico de Córdoba. Ctra. Palma del Río, km 4
C/8, Nave L2, nº 3. 14005 - Córdoba

Imprime: Gráficas La Paz
ISBN: 978-84-10520-03-5
Depósito legal: CO-1926-2023
Hecho e impreso en España - *Made and printed in Spain*

Para Angélica, Carmen y Flora:
mujeres de la novela de nuestras vidas.

La belleza es indivisible; quien la ha poseído enteramente prefiere aniquilarla antes que compartirla.

Goethe, Fausto II

Índice

Prólogo
Todo lo pequeño tiene orígenes grandes

Cuando ocurrió todo, unos cinco años atrás, esta entrega del Noticiario Cinematográfico Español, más conocido como NoDo, fue reproducida, sobre todo parcialmente, en infinidad de telediarios, programas especiales y documentales dedicados al caso. El «Caso Rawson». Durante meses no se habló de otra cosa. No deja de resultar sorprendente que una historia tan simple, en principio una como tantas, tuviera tan notable repercusión. Es verdad que el envoltorio era atractivo, pero sin duda hay decenas de historias de nuestra crónica negra mucho más impactantes y seguramente con más y mejores elementos —con más material— para escribir una novela.

Pero nosotros, como casi todo el mundo, fuimos seducidos por esta historia de amor, celos y cadáveres metidos en formol. No en cualquier formol, sino en el llamado Súper Formol Rawson (SFR). El mejor, según la gente que sabe de estas cuestiones. Claro que, en nuestro caso, la persuasión de los medios actuó con efecto retardado. No fue hasta cuatro años después de ocurrido el *luctuoso suceso* —como tantas veces se anunció—, que centelleó la chispa culpable de encender la novela que tienes en tus manos.

En blanco y negro restaurado, la pieza del NODO rodada en 1960, muestra un montaje muy atractivo, atrevido incluso, y un texto que, si bien se atiene el formato típico que se aplicaba a estas piezas cinematográficas, dejaba traslucir cierto, digamos, espíritu de autor. Era un NoDo de tantos, pero, a su vez, resultaba y resulta especial. Quizá más que a cuestiones creativas o técnicas, este no sea más que un efecto adquirido por el paso del tiempo y por la negritud criminal del hecho ocurrido cinco décadas después de la filmación y proyección inicial de la pequeña película.

Una musiquilla amable, similar a la que acompañaba a los otros amables reportajes del NoDo, decoraba sonoramente el paneo inicial. Recorría el exterior del modesto chalet al final de la calle Serrano captado desde la lejanía del portón de acceso al amplio jardín que lo precedía. Un camino de piedra nos conduce a la casa. En el vano de la puerta del hogar se recorta una silueta familiar ya por entonces reconocible para gran parte del público. El *off* de Matías Prats, el mítico locutor, tantos años después, nos sigue introduciendo en la historia.

—*Nos encontramos delante de una casa más, o eso podría parecer a simple vista. Sin embargo, en ella vive una de las grandes mentes de la criminología científica española.*

La persona que recibe al espectador es un elegante señor vestido informalmente y fumando en pipa. Llaman la atención su abundante y rebelde cabello blanco y las gruesas gafas de armazón negro. El evidente dueño de la casa invita con un gesto algo forzado, sugerido probablemente por el director, guionista o simplemente periodista encargado de marcar la estructura que debe tener el reportaje: Su brazo describe una leve curva de fuera hacia adentro, como si remedara un pase ejecutado por un torero, aunque con mayor discreción y menor naturalidad. La cámara, desde un punto de vista subjetivo, «entra» en la casa, jugando a que es el público el que se introduce en una estancia que, a causa de la débil luz del interior, resulta levemente espectral.

—*Don Manuel Rawson, el famoso doctor forense. Gracias, don Manuel por invitarnos a entrar a su casa...* —continúa el ya desaparecido locutor.

Una corta elipsis nos permite ahora bajar por unas escaleras que nos dirigen a un sótano...

...y a su santuario científico.

Un salto temporal nos muestra a Rawson vestido con un guardapolvo blanco, sentado en una silla giratoria de madera, que el científico hace virar levemente hacia derecha e izquierda sin dejar de fumar en pipa. Esta estancia está exageradamente iluminada por una luz blanca que puede llegar a resultar incómoda al espectador. Enseguida, ese gran destello blanco se atenúa, encontrando una luz soportable que permite ahora disfrutar del *clima* neblinoso en torno al rostro del anfitrión, conseguido por las volutas de humo que despide por la boca.

—*¿Y qué es lo que nos trae a su lujoso laboratorio? Pues un revolucionario invento.*

Corte a Rawson mostrando a cámara un tubo de ensayo —sin noticias ya de la pipa— que contiene un líquido transparente que bien podría ser agua, pero, si nos fiamos de la información que nos ofrece la voz de Matías Prats, en realidad contiene:

—*El formol Rawson. Esta revolucionaria solución supera en eficacia al clásico formol utilizado hasta ahora, marcando un nuevo paradigma en la ciencia forense. Esta maravilla permite conservar durante muchos más años tanto órganos como miembros amputados.*

El profesor, nuevamente guiado por el director de escena, acerca paulatinamente el tubo de ensayo a la cámara, hasta tapar el objetivo con su excesiva cercanía.

—*¡Y hasta cadáveres humanos!*

Rawson ya no tiene el tubo de ensayo en la mano —tampoco ha recuperado la pipa—, se pone de pie y se dirige hacia otro sector de su laboratorio, saliendo de plano.

—Una auténtica solución para todos los problemas forenses de conservación. Pero vamos a ver lo que el Doctor Rawson se dispone a hacer en estos momentos en su laboratorio.

Repentinamente vemos a Rawson de pie ante una especie de mesa de operaciones —la estructura parece de mármol blanco y la mesa propiamente dicha, de acero inoxidable, en la que hay un perro de raza indefinida, mediano, tumbado, dormido o muerto. Aunque no vemos cómo incide con un bisturí sobre la piel del can, Rawson está interviniendo quirúrgicamente —o fingiendo intervenirlo— al animal.

—Parece que le está practicando una serie de operaciones a este pobre perro muerto, seguramente para su futura conservación —dice Prats bajando algo el volumen y serenando el tono de su voz. Como si procurara no molestar al científico durante su cuidadosa intervención.

Ahora sí se puede ver con claridad a Rawson ejecutando un corte en una superficie indefinible, que bien podría ser la piel rasurada del perro.

—El doctor realiza una incisión en la vena carótida...

Entonces vemos, en un plano bastante osado teniendo en cuenta que estos informativos se emitían antes de la proyección de películas autorizadas para todos los públicos, la introducción de una cánula a través del tajo practicado previamente. Por dentro del conducto transparente comienza a correr la sangre que se le extrae al animal.

—...sorbe toda la sangre del infortunado cuadrúpedo...

Después de un breve primer plano del rostro de Rawson, se observa que, a través de la misma cánula por la que circulaba la sangre, corre, en sentido opuesto, un líquido transparente que, se entiende, comienza a ocupar el espacio que la sangre ha liberado.

—...y le introduce la revolucionaria solución de embalsamamiento que lleva el nombre del afamado científico español: El formol Rawson.

Corte brusco a Rawson, quien, con gesto quizá involuntariamente maléfico, sonríe a cámara mientras continúa supervisando la operación, masajeando el cuerpo del perro en torno a la incisión por la que ha introducido la cánula que sacó la sangre y ahora continúa incorporando el mejor formol creado hasta el momento.

Al risueño comentario en *off*:

—*Vaya, eso ha tenido que doler...*

...le sigue un primer plano de la cara del chucho callejero muerto.

—*Pues no, no parece sufrir demasiado la simpática mascota.*

Padres, hijos y un famoso desconocido

Miguel —el hijo, treinta y un años— y Roberto —el padre, cincuenta y nueve años— avanzan por el soleado pasillo siguiendo al funcionario de prisiones. A ambos lados del camino que recorren con lentitud —quien los guía avanza con cierta pachorra—, ventanales que permiten ver en el exterior un amplio parque con el césped bien cortado, muy verde.

Es evidente que se trata de un centro carcelario que no representa la idea más o menos tópica que tenemos acerca de lo que es una prisión. Parece, más bien, una especie de pequeño sanatorio. Salvo por el leve cacheo al que fueron sometidos, los trámites de ingreso no han sido más exhaustivos que los que hay que superar para entrar en cualquier dependencia pública: un ministerio, un registro civil... A la salida, después de la entrevista, recogerán los móviles, las llaves, las billeteras, las monedas. Como les habían advertido, sólo pueden llevar consigo un cuaderno y un boli.

—Con un boli te puedes cargar a cualquiera —le dijo Miguel a Roberto cuando leyeron las condiciones que les habían remitido desde la cárcel, tres días atrás.

—Y hasta con un cuaderno, dependiendo de lo que esté escrito en él —respondió en su momento Roberto, ante la indiferencia de Miguel, que no tardó en comenzar a leer el siguiente punto.

El guardia sí que va armado con algo más disuasorio que papel y lápiz colgando al costado de su cinturón. Armas: quizá el único elemento que les hace pensar a los visitantes que allí hay alojados delincuentes, algunos con largas penas, castigo por los terribles crímenes que han cometido. Asesinos, por ejemplo. Aunque pocos, según habían conseguido averiguar: dos. Con uno de ellos están a punto de conversar durante un buen rato. El límite es de tres horas.

Se acaba el pasillo soleado. Sobreviene una corta estancia de ladrillo vista en la que los ojos deben adaptarse bruscamente a una penumbra breve, enseguida, el guardia abre una puerta metálica y los tres desembocan en un ámbito de suelo y techo negros y paredes y puertas de color gris metal. Otra vez los ojos acostumbrándose al cambio. En las puertas hay números de tres cifras. Siguen avanzando durante un largo minuto. Miguel y Roberto miran la sucesión de números y mezclan el miedo y la esperanza de que una puerta se abra y puedan ver la cara de algún habitante de las celdas. En alguna de ellas vive la persona con la que charlarán en unos momentos. Pero el encuentro no tendrá lugar en su celda, sino en una sala de encuentros —que no es exactamente una sala de visitas— a la que esperan arribar de una buena vez. La ansiedad, los trámites previos y esta larga caminata siguiendo al tipo con pistola han hecho del tiempo un material novedoso para padre e hijo. Miguel piensa que todo acabará siendo una broma, cuando, repentinamente, se encuentren otra vez en el punto de partida, les devuelvan sus objetos personales y regresen a casa sin haber hablado con preso alguno.

—Será aquí —dice repentinamente el guía.

A la derecha, la salita. Un ventanal, tras el que vuelve a verse el verde de la naturaleza bien recortada. Una mesa rectangular. Con un gesto los invitan a sentarse en un extremo.

—¿De este lado? —pregunta el mayor de los Villar, sabiendo que podría haberse ahorrado la pregunta.

El guardia asiente con un gesto que le ahorra la palabra «obviamente».

—Enseguida se lo traemos. Él se sentará ahí —dice el poli señalando el otro extremo de la mesa.

El preso y los entrevistadores estarán separados por algo más de dos metros de distancia.

—¿Son para nosotros? —pregunta Miguel, algo intimidado, señalando las dos botellas plásticas de agua mineral que ahora tienen frente a ellos sobre la mesa.

—Si quieren más —dice el poli asintiendo—, estaremos ahí. —Señalando a sus espaldas.

Fuera, en el pasillo, tras los cristales que van del suelo al techo, esperará el guía que los ha traído hasta aquí junto a quien aparece ahora por un costado, acompañando al reo con quien los Villar han venido a conferenciar.

Adrián está vestido con un mono gris claro, como el que llevaban puesto un par de presos que pasaban la fregona lentamente cuando entraron, cuando atravesaron el arco de seguridad y a quienes dejaron atrás después de firmar sendos documentos que no leyeron y que, básicamente, eximían de cualquier responsabilidad al centro penitenciario en caso de que se produjera algún contratiempo durante su instancia, como que, por ejemplo, alguno de los presos atentara contra su seguridad física e, incluso, psicológica.

—Nunca pasa nada —tranquilizó el funcionario que recogió los papeles firmados—: es toda gente muy tranquila —dijo sonriendo antes de que su colega comenzara junto a los visitantes el camino que los trajera hasta aquí.

Los dos visitantes se ponen de pie cuando el preso entra en la salita acristalada. Ambos asienten y no dicen palabra hasta que no contestan a los buenos días de Adrián.

—Buenos días —Miguel y Roberto al unísono.

Mientras el presidiario toma asiento en la otra punta de la mesa, el funcionario que ha acompañado al futuro entrevistado repite, siguiendo el protocolo, una cantinela que ya han leído antes y escuchado unos minutos atrás, durante los trámites de ingreso. Miguel y Roberto escuchan de pie.

—Tienen tres horas, exactas, a partir de ahora —inicia su robótica exposición mirándolos sin mirar—. El reo, o ustedes, pueden solicitar que el encuentro se dé por acabado cuando quieran, no se les pedirán explicaciones. Pueden solicitar ir al cuarto de baño, el tiempo que estén allí no se les descontará de las tres horas establecidas. ¿Prefieren que el reo permanezca esposado? —enfocándose en los Villar.

Padre e hijo se miran al tiempo que niegan con la cabeza.

—No, no, así está bien —al unísono.

El guardia sale de la sala en silencio y cierra la puerta, también de cristal. Su compañero ya está apoyado contra la pared, mirando hacia los tres de la sala. El otro funcionario, distanciado un metro de su compañero, también se apoya contra la pared al tiempo que se pone unas gafas oscuras.

—¿Van a estar las tres hora ahí, en el pasillo? —pregunta Miguel a Adrián Rawson mientras se sienta.

—Las sillas están prohibidas en el pasillo —asiente Rawson.

Roberto se sienta. Carraspea. Abre su cuaderno.

—Antes de todo, gracias por recibirnos —dice finalmente.

—Por invitarnos —redondea Miguel.

Rawson sólo asiente.

Roberto carraspea nuevamente.

—¿Van a beber? —pregunta el preso.

—¿Cómo? —Roberto.

—El agua. Si van a beber, bueno, y si no van a beber también, ¿podrían dejar las botellas en el suelo? —al tiempo que hace eso mismo con la botella asignada a él.

Ambos asienten y bajan las botellas de plástico al suelo.

—Sí, claro, claro… —padre e hijo.

Rawson pasa la manga de su mono una y otra vez sobre la marca circular de agua que ha quedado en la mesa al retirar su fría botella.

Miguel comienza a hacer lo propio con su circulito de agua, al tiempo que mira desconcertado a su padre.

—Tengo algún problema con esas cosas —explica Rawson—. Con esos... restos acuosos. Digamos que me ponen un poco nervioso. Desde siempre.

Roberto retira con énfasis los restos de agua que su botella ha dejado sobre la mesa.

—No tiene explicación, es así —completa Rawson.

—No hay problema —dice Roberto.

—Gracias. Lamento empezar nuestra charla así, mostrándoles esta característica tan estúpida de mi personalidad —dice algo avergonzado y ligeramente sonriente—, pero, por lo demás, verán que soy de lo más normalito —completa el preso sin mirarlos a la cara.

—Bueno, tampoco me parece algo tan extraordinario, la verdad —dice Miguel.

—Hay cosas más graves —dice Roberto con gesto nervioso que pretende remarcar lo risueño del comentario.

—Asesinar a alguien, por ejemplo —asiente Rawson sin énfasis, observando al padre.

Roberto y Miguel pueden ver cómo dibuja una media sonrisa que parece tomarse su tiempo en completarse.

—¿Le parece bien que empecemos, Rawson? —pregunta Roberto.

—Pueden llamarme Adrián, si lo prefieren.

Ambos asienten.

—¿No los dejan grabar? —pregunta Adrián.

Niegan y levantan casi al unísono sus cuadernos. Miguel se encoge notablemente de hombros.

—Tienen aquí una seguridad absurda. Supongo que, después de las medidas que se tomaron durante la pandemia, algunas cuestiones tardan en reajustarse. No se está mal, ojo, pero hay reglas que francamente… —dice Rawson.

—Quizá sea mejor así. Nos apañamos con los cuadernos. Apuntaremos cosas…

—El guion me ha gustado —dice Adrián mirando a Miguel.

—Gracias. La novela… habrá algunos cambios. Queremos profundizar un poco más en…

—Sí, entiendo —interrumpe—, sólo quería decirle que el guion me ha gustado.

—Gracias —repite Miguel evitando extenderse.

—Lo de mis brazos, mis músculos, quizá, supongo que esos detalles dicen algo acerca de mí, de lo que pasó.

—¿Los brazos? —pregunta Roberto.

—Mis desgarros musculares, ya sabe.

—No, no sabíamos nada acerca de sus músculos —interviene Miguel.

—Se han curado mal, mis desgarros. Me han quedado algunas ligeras secuelas físicas. Casi ni se notan. Y también una especie de *desgarro muscular psicológico*, si me permiten el disparate. Pero ya llegaremos a ello, supongo.

—Claro —dicen los entrevistadores, casi al unísono e igualmente confusos.

—¿Y usted será el que escriba la novela? —apuntando a Roberto.

—Puede tutearnos —responde.

—Ustedes también, entonces, por supuesto —dice Rawson.

—Yo seré el que, sobre todo, escriba la novela, de la misma manera que él ha sido el que, sobre todo, ha escrito el guion. Es un trabajo en equipo —sintetiza Roberto.

—Padre e hijo… —dice casi como para sus adentros—. Mi padre, como sabéis, ha sido un gran científico. No sé cómo habría sido formar un equipo junto a él. Tampoco sé si él habría querido formar un equipo junto a mí. Murió joven…

quizá demasiado… aunque no tan joven como mi madre…
—hace un movimiento con la mano, como si pretendiera así
desbaratar los pensamientos que estaban cogiendo forma
en su cabeza.

—Hemos visto alguna foto de tu celda, de la celda de la
primera cárcel en la que has estado, hemos visto que tenías
un retrato de tu padre colgado en la pared —dice Miguel.

—Colgado no: pegado. Con celo. Aceptaron que lo
tuviera, pero sin el marco de madera. La foto la tengo también en mi celda actual, aquí. En mi habitación.

—En el museo también hay un…

—Sí —interrumpe a Roberto—, hay uno en el museo.
Bueno, había: me lo llevé la última noche. Otro en mi casa.
La que era mi casa. El que tengo aquí es el que estaba en
casa. Sin el marco, como he dicho.

—¿Cómo era la relación con tu padre? —pregunta
Roberto, quizá bruscamente.

—¿Tan atrás nos vamos a ir?

Lo dice seriamente, pero, aun así, Roberto sonríe.

—¿Vais a escribir una novela de esas psicoanalíticas?

—No, no, vamos a… —empieza a explicar Roberto sin
dejar de sonreír nerviosamente

—¿Con mucho *flashback*? —pregunta Rawson casi regodeándose, algo risueño.

Roberto sonríe. Miguel mira a su padre y enseguida mira
a Rawson, en el que vuelve a encontrar esa media sonrisa.

—No me importa, ¿eh? —dice el preso.

—Bueno, mi padre estudió Psicología, así que no le diría
yo que no nos salga una novela un poco…

—Pero no acabé la carrera —interrumpe Roberto a su
hijo.

Los tres sonríen.

—Soy un hombre discreto: no cuento si no me preguntan.
Recibo muchas visitas. Mis empleados, los del museo, Luis,

Gus, Claudia, todos, vienen con frecuencia. Se turnan, cada semana veo a alguno de ellos. Incluso el italiano viene.

—¿Fabrizio? —pregunta Roberto sabiendo que Rawson se refiere a Fabrizio.

Rawson asiente antes de continuar.

—Ellos vienen a verme, más que a hablar. Ninguno pregunta. No quieren saber porque ya saben. Entonces, yo no cuento. Por eso os dije que sí. Porque a vosotros no os conozco de nada y queréis saber cosas. Y para saber hay que preguntar. Sobre todo, si queréis saber interioridades de un desconocido. Porque vosotros no me conocéis.

—Bueno, te has hecho muy popular, nos hemos documentado mucho para… —comienza a explicar Miguel.

—Conocéis la verdad periodística —interrumpe—. El muñeco que la prensa ha armado con órganos, con extremidades que ellos creen son parte de mí. Pero…

Ambos visitantes sonríen levemente ante las referencias a órganos y extremidades.

…si por haber leído lo que habéis leído, por haber oído lo que habéis oído, o visto lo que habéis visto: el museo, mi casa, los lugares donde ha ocurrido lo que ha ocurrido, si por tener toda esa información creéis conocerme… francamente…

—Precisamente, lo que queremos es conocer su… tu versión —se apresura a aclarar Miguel.

—Para nosotros, estas horas que pasemos contigo van a marcar el comienzo, un nuevo comienzo —dice Roberto.

—No, vosotros ya habéis comenzado, y habéis comenzado muy bien, por eso estáis aquí.

—El guion también puede cambiar —dice Miguel.

—Me parece bien que cambie, y que no cambie. Esas decisiones son vuestras. Yo sólo quiero responder a lo que me preguntéis. Creo que he accedido pensando más en mí que en vosotros.

—Gracias, de todos modos —dice Miguel.

—Pues sigamos, entonces —dice Roberto pasando una hoja de su cuaderno, como si allí, en ese folio en blanco que encuentra, hubiera preguntas.

—Me parece bien que vayáis por donde queráis —continúa Rawson—. Y también que escribáis la novela que queráis, o que os salga. Que hagáis lo que podáis hacer, y que lo que no podáis hacer lo compréis hecho, eso también me parecerá bien. Como os dije hace un mes, por teléfono, esta reunión no es para convenceros de nada, sólo quiero que escuchéis mi versión de los hechos. Y que después hagáis lo que tengáis que hacer con mi... ficción. Me alegró coincidir en eso con vosotros...

—¿Coincidir en qué, Adrián? —pregunta Roberto.

—En eso de que la realidad también es una ficción. Pensáis lo mismo, ¿no?

Ambos asienten.

—Eso me dijisteis. Y os creo. Los hechos *reales* no son ni más ni menos que una versión individual de la realidad. No hay *una* verdad, ni una realidad: cada uno tenemos la nuestra. Y, encima, es cambiante. Vemos las cosas de una manera subjetiva. Y eso, incluso cuando creemos estar convencidos de coincidir, de, digamos, compartir una realidad. Si después de escuchar una determinada versión de los hechos de boca de otro decimos «Estoy de acuerdo» o «Yo pienso lo mismo», estamos mintiendo, aunque creamos, sinceramente, que una versión de alguien puede ser compartida totalmente por otro.

—Joder —dice Miguel sin dejar de escribir en su cuaderno—, creo que sí vamos a lamentar mucho que no nos hayan dejado usar la grabadora.

Los tres sonríen. Aunque Adrián, como hasta ahora, algo menos.

—Mi padre era un buen hombre —dice repentinamente, como si señalara el camino a seguir—. Como científico será recordado como un *gran* hombre. Para mí fue una buena persona. En casa, salvo cuando venían a entrevistarlo, o a filmarlo los del NoDo, por ejemplo, ¿habéis visto esas imágenes?, claro, claro que sí. En esas ocasiones interpretaba un poquito, les mostraba ese lado un poco tópico de científico reputado. La pipa, sus gafotas negras, cómo manipulaba esos objetos, los gestos… Un buen tipo, mi padre. Hizo lo que pudo con lo que tenía, si me permitís la obviedad.

—¿Sientes que lo has defraudado? —pregunta Miguel.

Rawson lo mira con un gesto que Miguel interpreta como un pedido de aclaración, al que accede.

—Quiero decir que, después de todo lo que ocurrió…

—Como científico que era —era sólo científico, no era eso y además, otra cosa— quizá sí que haya defraudado las expectativas que tenía mi padre —interrumpe—. Mejoré su mítico formol y, en ese sentido, entiendo que él podría llegar a sentir cierto orgullo por mí. Pero, en cambio, seguramente pensaría que hice de su museo algo… ordinario, y eso lo decepcionaría. «Transformaste el museo en un circo», me diría. Un circo rentable, podría argumentar yo, pero ni lo intentaría, porque a papá el dinero… —gesticula con los hombros un «Qué me importa».

—El museo es fantástico, Rawson —dice sinceramente Roberto.

—Sí, eso mismo diría mi padre si le preguntaran en una entrevista qué piensa de lo que hizo su hijo con el Museo Forense Capitalino creado por él. Pero a mí, en casa, en su laboratorio, y sin que mi madre estuviera presente, me diría otra cosa.

—¿La verdad? —interviene Miguel.

—La verdad, la ficción… —dice Rawson enarcando las cejas—. Desde una mirada superficial podría parecer que lo decepcioné por el hecho de no hacer lo que él quería. Pero os equivocaríais, y él también, si pensarais eso. No.

Sería ofensivo quedarse en ese plano tan superfluo. La decisión de convertirlo o no convertirlo en un circo dañaría la superficie de su orgullo primigenio, pero el auténtico orgullo no se basa en las pequeñas acciones sino en cómo se ve y se vive la vida, y en eso éramos radicalmente distintos. Ambicionábamos cosas totalmente opuestas... Cómo alguien va a sentir orgullo por algo que desconoce, por algo que es incapaz de sentir, de entender... Esa falta de comprensión, que desde luego no era recíproca, creedme, a la larga, nos causó bastante desgaste. Nos envenenó lentamente —haciendo el amago de ponerse poético e intenso—. Matándonos... Aunque a él antes que a mí.

—¿Tu padre murió de pena? —dice Miguel haciendo un alto en su escritura.

—Hablaba metafóricamente: su muerte probablemente se deba al abuso sistemático del tabaco. Siempre odié lo mucho que fumaba. Y que fumara *ese* tabaco. Siempre el mismo. Perique...

—¿Perique? —interrumpe Miguel.

—Perique, con cu. Lo sé todo sobre él. Es curado al aire y más tarde sometido a un proceso especial de fermentación en barrica. Unas barricas viejas dedicadas a la fermentación del bourbon. La producción es muy escasa. No es barato. Louisiana es la zona donde... —Rawson se frena—. Decidme que pare: lo sé todo sobre el Perique, no me dejéis quedar como un pedante —ni siquiera es una media sonrisa la que cierra su breve parrafada didáctica.

Padre e hijo sonríen cómplices. Los tres parecen aceptar de buen grado una especie de tenue comunión.

—Ese olor que lo impregnaba todo —prosigue Adrián—. ¿Sabíais que el olor corporal de cada persona es único? Claro que sí. Nos individualiza, como las huellas dactilares. No sé cuál era el genuino aroma de mi padre. Me da cierta pena pensar que nunca lo recordaré por su *verdadero*

27

olor. Una tontería porque el tabaco que lo envolvía siempre era una máscara como cualquier otra, como cualquiera de las que todos tenemos. Cualquiera de las muchas máscaras que… Cuando la gente se olvide de su cara… probablemente la imagen que se les vendrá a la cabeza será alguna de esas fotos tan desagradables que ilustran las cajas de los cigarrillos. Una lengua llena de pústulas por un carcinoma de boca, una tráquea… Sí, exagero. Qué bobada.

—¿Y qué hay de todos sus hallazgos científicos? También eran máscaras. Máscaras positivas, digamos —interrumpe Roberto, quizá algo ansioso.

Adrián lo mira fijamente durante un breve instante que a Roberto se le hace demasiado largo.

—Ya, sí, claro…

Se reacomoda sobre su silla como si las palabras que fuesen a salir de su boca a continuación tuviesen que ser recordadas para cincelarse en piedra.

—…Eso a la gente no le importa, no de verdad, y mucho menos a la gente que visita el museo. Nunca habría dicho esto delante de mi padre, porque siempre me cuidé mucho de no hacerle daño, pero… a la gente sólo le interesa una cosa.

—¿El qué? —urge Roberto, definitivamente ansioso y reconvenido sutilmente por la mirada de su hijo.

—El morbo.

Adrián se acoda sobre la mesa y se frota la frente con ambas manos, acomodándose el pelo.

—¿Sabéis? —continúa, negando levemente—, el envoltorio científico está muy bien y, creedme, soy muy riguroso en eso. Pero seamos sinceros, a la gente, a las personas, nos mueven cosas mucho más primarias. Está bien nutrir el alma y la mente, pero las tripas y las vísceras siempre reclamarán su lugar irrumpiendo de la forma más violenta y dolorosa posible.

—La violencia para ti… —comienza Miguel.

—Somos animales bien vestidos —continúa Rawson como si no hubiera escuchado nada—. ¿O acaso creéis que el museo iría tan bien si sólo diésemos ponencias, cursos, hablásemos de teoría, fundamentos científicos, química y procedimientos quirúrgicos?

Ambos entrevistadores asienten sinceramente, ladeando la cabeza, como cayendo en la verdad que les acaban de espetar.

—Unas encías llenas de pústulas por un carcinoma de boca —dice Rawson mirando el lugar en la mesa donde estaba apoyada su botellita de agua—. Eso es lo que el público recuerda.

Breve silencio porque saben que Rawson aún no ha rematado su párrafo. Pasa nuevamente su manga sobre la mesa, como si quisiera también secar el recuerdo del pequeño fantasma circular que dejara el agua. Agua que, quizá, sólo él siga viendo.

—Pero, en fin —dice como si despertara—: él no pudo ver en qué convertí el museo. Y no lo está viendo... —preparándose para remarcar el tono burlón de lo que está a punto de decir— *desde allá donde esté* —sonríe por primera vez con una sonrisa completa, pero que resulta completamente triste.

Mira a sus entrevistadores.

—No creo en el más allá. Sólo creo en los muertos. Y sigo creyendo en mi padre muerto. Por supuesto, también creo en ella...

Repentinamente, como apremiándose a sí mismo, Adrián, con el dedo índice de su mano derecha se señala, se toca, el dedo anular de su mano izquierda, desprovisto de anillo alguno, mirando a un tiempo a Roberto, a quien pregunta:

—¿Tú estás casado?

Roberto se mira la alianza en un acto reflejo antes de responder.

—Sí, casado.

—¿Ella qué piensa de esto? —pregunta Rawson.

—¿Ella?

—Tu esposa, ¿qué piensa?

—¿Sobre qué?

—¿Le parece una monstruosidad lo que he hecho?

Roberto abre mucho los ojos, sonríe, traga saliva. Miguel, cabizbajo mira incómodo, de reojo, a su padre.

—Disculpa, Roberto —dice Rawson echándose hacia atrás en la silla y haciendo un leve movimiento de disculpas con las manos—, no he venido aquí a preguntar. Te ruego que… Esta situación es nueva para mí, compréndeme. ¿Qué hago yo preguntando? Perdona. Sigamos. Preguntad. Vosotros preguntad. Yo respondo.

El divulgador de la carne

Son las figuras, la imagen corporativa. Sin ellos el lugar no sería el que es. Y, al verlos *en persona*, se comprende su reputación, su tirón popular. Son, en gran medida, los culpables del triunfo, de la resurrección, de la exitosa reformulación del viejo concepto. Dos seres incompletos y muertos insuflando nueva vida a un proyecto que arrastraba una larga decadencia. Conservaba el prestigio, pero poco más que eso.

Claro que no han sido ellos quienes han tomado la decisión de erigirse en representantes emblemáticos de este lugar. Aunque, de algún modo, no es descabellado pensar en que algo han puesto de su parte para que pensaran en su capacidad de convocar, y lo hicieron, necesariamente, sin hablar, simplemente siendo observados por alguien que estaba buscando algo que encarnara una nueva concepción.

Ya una vez aquí, acabada su probable labor de seducción, tampoco fueron ellos quienes decidieron que el lugar sería este, y dentro de este, el exacto centro de esta sala principal. Las luces, tan intencionadas, tan efectistas y certeras, tan bien pensadas para atraer la atención sobre ellos, obviamente, no fue una propuesta de ninguno de los dos. Pero su influjo, aún muertos y flotando en una invariable postura corporal tampoco decidida por sí mismos, probablemente actuó —imposible definir de qué modo— y continúa incidiendo sobre las mentes comerciales, empresariales, científicas, artísticas y publicitarias encargadas de que este emprendimiento resulte rentable.

Es tan conocida la ubicación del pequeño, histórico y hoy moderno museo forense que, aunque no sepamos el nombre exacto de la calle o de la plaza frente a la que está ubicado, cualquier madrileño, e incluso muchos forasteros, no ahorrarán referencias para guiar a quién pregunte: «Detrás de El Corte Inglés». «Frente a las Descalzas». «¿Conoce el palacio de las Alhajas?». «Esa calle que va a dar a Callao». Desde ya, figura en cualquier folleto o guía —también las internacionales— con información turística de la ciudad.

El Museo Forense Capitalino ya no es el que era, ahora perdió, seguramente, ese halo de respetable colección clásica, pero adquirió este nuevo, rutilante y colorido espíritu de permanente evento espectacular. Una de sus salas conserva la luz, el olor, las maderas, los frascos, el instrumental, las fotografías y el clima de antaño, propios de una inquietante película de terror protagonizada por un profesor sesudo, serio y predispuesto a mutar, a su pesar, en monstruosa criatura despiadada. Es una especie de respetuoso homenaje a la memoria del fundador y a su larga primera etapa, iniciada por empeño de Manuel Rawson, el padre de Adrián, actual director (odia la sigla CEO), en el año 1972.

En la Sala Principal se expone ese par de cadáveres estelares. Uno de ellos se encuentra allí desde la reinauguración de 2014. El otro, una reciente adquisición, hace sólo un par de meses que hace compañía al primero. Desnudos. Flotando en dos recipientes cilíndricos y enormes, montados sobre sendos pedestales de color rojo, e iluminados por focos —y rayos— cambiantes a lo largo del día para jugar con la luz exterior proveniente del techo acristalado del antiguo palacio.

El formol que los mantiene en ese estado de conservación no es el conocido *Formol Rawson*, creado por el joven científico Manuel Rawson, y que marcó una grandísima evolución en las propiedades que el formol tenía hasta entonces, allá por la década de los sesenta. La solución en la que flotan desde el año 2014 es el formol mejorado por Adrián Rawson, quien, trabajando sobre la creación que elevó a mítico a su padre, consiguió el mejor líquido empleado para la conservación de órganos muertos, con el fin de impedir su descomposición, que existe en la actualidad. Se cree que el conocido como Súper Formol Rawson (SPR) es el punto máximo de calidad en la evolución que puede alcanzar este producto. Insuperable.

En verdad, no es formol o formaldehido, sino un producto nuevo obtenido a partir del formol. A Adrián, Súper Formol Rawson —en verdad un mote más periodístico que científico— le parece un buen nombre, un nombre que, muy probablemente, su padre no aprobaría. Pero Rawson hijo prefiere pasar a la posteridad acompañado de un mote fantasioso e incluso ridículo para un científico y no por uno rigurosamente científico escrito en latín. Esa misma visión de la ciencia como espectáculo marcó la reforma del viejo museo de su padre. La denominación del museo y el palacio en donde siempre estuvo instalado es de lo poco que queda de la inicial creación de don Manuel Rawson.

Un tronco sin cabeza, que conserva un brazo y una pierna, y un cuerpo con cabeza, dos brazos una pierna y con cuantiosas cicatrices —ambos masculinos—, son las piezas estrella del Museo Forense Capitalino.

Mucho se ha escrito acerca de ellos. Desde todos los puntos de vista. Incluso el propio Adrián Rawson, de manera excepcional, permitió que se publicaran recientemente en prensa, en el diario *El País* y ahora aquí, algunos apuntes privados hasta el momento de su publicación. Sólo un ejemplo:

Como tantas esculturas clásicas, a las que le falta un brazo, una pierna, la cabeza, nuestros dos cadáveres conservan esa especie de seducción fantasmal con la que inducen al visitante, al espectador, al amante del arte de la vida y de la muerte, a completar el puzle. De ese modo, nos fuerzan a verlos sin falta alguna, sin fallos, al mismo tiempo que, precisamente en esos huecos, en esos espacios creados accidentalmente, atisbamos la vida permanente de la Muerte. Lo que falta los completa. Son, mis adorables seres mutilados, la mayor posibilidad terrenal que tenemos de acercarnos a la eternidad sin pasar por el trámite de certificar nuestra mortalidad.

Esta breve muestra de sus escritos, que pueden resultar ligeramente ampulosos, redichos, seudo psicoanalíticos y hasta tramposos, contradice —o quizá complete— la imagen pública y también privada que se tiene de Adrián. Resulta un tipo llano, directo, discreto, y poco amigo de hipérboles o búsquedas interiores. Es más un mánager de la ciencia que un científico —siendo que también es eso— y menos un poeta que un vulgar habitante sin misterio de la ciudad de Madrid.

El cadáver que no está descabezado tiene los ojos abiertos. Los cuerpos no están *compuestos* de manera tal que sus extremidades oculten sus genitales, o dibujando una postura premeditadamente *artística*. No son bailarines compartiendo una misma melodía. Parecen haber sido arrojados —más que sumergidos— en sus respectivos habitáculos líquidos con intención de respetar la postura aleatoria que adquirieran después del primer y único intento de meterlos allí. Sin correcciones posteriores y, una vez sellados los grandísimos recipientes en los que viven desde entonces, sin posibilidad de variar esa pose inicial. Inmóviles.

Fotos y dibujos de los cuerpos aparecen ilustrando portadas de libros, llaveros, lápices, pañuelos, camisetas, posters y folletos que los visitantes compran en la tienda del museo. Además, una estilización de ambos, donde se muestran extrañamente entrelazados —con ligeras modificaciones desde la inauguración de la etapa moderna del museo— forma parte del mítico logotipo del MFC.

Casi a los pies de los tanques acristalados que contienen los cadáveres mutilados, sin entorpecer en absoluto la visión de los dos personajes, hay sendas placas identificatorias. En una de ellas se pueden leer mínimos detalles de la identidad y circunstancias de la muerte del inquilino:

«LEO».
CADÁVER DE 35 AÑOS.
MUTILADO A CAUSA DE ACCIDENTE FERROVIARIO
(POSIBLE SUICIDIO).
CONSERVADO EN SÚPER FORMOL RAWSON
DESDE EL AÑO 2014.

El cadáver que completa el famoso dúo, el más reciente, carece de nombre, por lo que la ficha técnica que se expone a los pies del tanque que lo cobija es esta:

NOMBRE: Desconocido.
CAUSA DE LA MUERTE: Desconocida.
CONSERVADO EN SÚPER FORMOL RAWSON
DESDE EL AÑO 2018.

En alguno de los folletos, que el público puede coger gratuitamente, se amplía algo la información de los cartelitos informativos acerca de la vida, muerte y conservación del par de cuerpos. Pero poco. Parece haber alguna intención quizá comercial, quizá ligeramente poética, en este escamoteo de información. Sin embargo, en alguno de los libros que cuentan la historia del museo, de las personas que lo pusieron en marcha y han hecho crecer su notoriedad, desde Rawson padre, pasando —obvia y merecidamente— por Rawson hijo, hasta Eva Sarriá —quien ha escrito los libros, los folletos y las guías—, esposa de Adrián Rawson, sí que se ofrece información más extensa y, en algún caso novelada, acerca de los cuerpos flotantes del Museo Capitalino Forense.

Un pequeño y curioso libro que se vende exclusivamente en la tienda del museo incluye testimonios de personas que conocieron *en vida* a Leo y al cadáver de identidad desconocida. Contiene, además, abundantes documentos gráficos de ambos, en color, donde se les puede ver a lo largo de distintas etapas de sus vidas, desde niños —en la escuela; disfrazados en carnaval; con sus familiares y amigos; en cumpleaños; junto a alguna novia; graduándose; trabajando en una fábrica; etc.— hasta, en el caso del infortunado que sufrió el accidente de tren, en fotografías postreras —de dudoso gusto— de su agonía al lado de las vías. El cadáver sin nombre carece precisamente de nombres y apellidos a pedido de sus padres, quienes, por razones que no se explicitan, así lo han preferido.

Recorriendo el pasillo que va desde la entrada del museo hacia la sala principal, se puede apreciar —casi cualquier día de la semana y a cualquier hora— que la actividad es siempre intensa —o eso parece—, cambiante. La gente genera diversas corrientes, como un oleaje variable pero continuo: desiguales combinaciones de colores, de ritmos, de sonidos.

Ahora mismo, los alumnos de alguna escuela ingresan —casi todos por primera vez— en esta especie de pequeña ciudad desconocida, inquietante pero no tétrica. Los niños entran bullangueros y, a cada paso que dan internándose en el palacio, el bullicio que generan decrece hasta, en muchos casos, llegar a un silencio que mezcla miedo y respeto, o solamente y miedo. Miedo no tan vecino del terror como de la inquietud que acelera el ritmo de los latidos de sus corazones.

La mayoría de esta treintena de niños de once o doce años volverá más de una vez a pisar las baldosas de mármol negro del museo a lo largo de su vida. La estadística evidencia la veracidad de este dato: desde que se fundara —desde que se refundara, en realidad— la cantidad de visitantes crece cada año. Actualmente, el reclamo publicitario de la incorporación del nuevo cadáver está haciendo que se marquen récords de asistencia.

Anteriormente, el cambio en la edad de admisión constituyó otro hito en la historia del MFC. La batalla de Adrián Rawson por conseguir que la edad mínima para visitar el museo se bajara de los dieciséis años, fue ardua. Y desde que se autorizó que la única restricción para permitir que niños de cero a dieciséis años visiten el museo sea que asistan acompañados por, al menos, un mayor de edad o una autoridad educativa competente, raro es el día que los cadáveres y órganos variados aquí expuestos —razón de ser del museo— no sean observados, detenida y morbosamente, por jovencísimas miradas escolares. Probablemente no haya nacido ninguna vocación científica durante las millonarias visitas al museo, pero tampoco esa es la intención confesa de su gestor: «Sólo persigo la diversión», dijo y escribió más de una vez Rawson. Rawson hijo, claro.

Hoy es jueves y están a punto de ser las ocho de la tarde. De la noche, más bien: es diciembre.

Se aprecia que el museo está, probablemente, en el punto máximo de su actividad diaria. Esto puede decirse, con poco margen de error, casi en cualquier hora del día. Un montón de personas —¿trescientas, cuatrocientas?— de todas las edades y condiciones sociales —actualmente el precio de la entrada, cualquier día de la semana, es de sólo cinco euros— pululando de aquí para allá, lentamente, como si en su avance hacia las sucesivas entrañas —las salas, las nuevas ambientaciones, las luces y los sonidos hacia los que se dirigen— debieran sobreponerse a una cierta fuerza que los frena —o los ralentiza sabiamente, manejando un suspense que acrecienta sus ganas de llegar y a la vez de no llegar nunca a la siguiente etapa— poniéndoles una invisible y firme mano en el pecho.

En la relativamente pequeña recepción, desde la que se intuye que la siguiente sala es mucho más amplia y ligeramente verdosa, vemos en una pared, muy destacado en el centro de esta, algo elevado —a quizá un metro antes del alto techo—, un gran retrato del Doctor Rawson padre. La pipa, los ojos algo achinados tras las gruesas gafas negras a causa de las densas nubes de humo grisáceo mimetizándose con el denso cabello. El cuadro está situado bajo las siglas y el nombre del museo:

MFC.
MUSEO FORENSE CAPITALINO.

Pero no figura el nombre del mítico personaje de la foto. Quizá por creer que, como pasa con marcas consagradísimas que prescinden del nombre y les basta con el logo para saber de qué producto se trata, todo el mundo sabe que ese señor es Manuel Rawson.

A un lado observamos la siempre concurrida tienda de regalos, donde cada asistente se gastará de promedio —según datos del propio museo— diez euros en alguno de los productos que allí se venden. Todos de una calidad más que aceptable y un precio quizá algo excesivo. El producto más barato es una postal que cuesta cuatro euros. El más caro, una reproducción de cuarenta centímetros de alto por veinticinco de circunferencia de los dos tanques que contienen los cadáveres. Los pequeños tanques llenos del verdadero Súper Formol Rawson. Los cadáveres en miniatura, obviamente, nos son cadáveres, pero se trata de *carnosas* reproducciones muy conseguidas. Precio de venta al público: trescientos euros. Todos los días se venden, al menos, tres. Y no todos a pudientes turistas japoneses o rusos.

Puede decirse que el palacio, al menos la primera vez que entramos en él, nos recibe de manera convencional —sólo estamos entrando a un museo— y va mutando, adquiriendo personalidad, arriesgándose a ser acogido o rechazado, a medida que avanzamos hacia la sala principal, hacia el hogar de los cadáveres casi completos.

Estimados clientes: les informamos de que el Museo Forense Capitalino cerrará sus puertas dentro de diez minutos. Agradecemos su visita y esperamos volver a verlos muy pronto. Muchas gracias.

La megafonía tiene esta forma de informar que son las ocho menos diez.

El público, paulatinamente, comienza a dispersarse. Salen más rápido de lo que han entrado. Aunque, probablemente, esta sea sólo una sensación subjetiva que no está sostenida por datos fiables sino sólo por la impresión de alguien que, desde setiembre de 2014, ha estado presente en todas y cada una de las veces que el museo ha abierto al público a las diez de la mañana y le ha invitado a marcharse a las ocho menos diez de la tarde. O de la noche. Observando los primeros cinco o diez minutos desde el momento de la apertura y los últimos cinco o diez antes del cierre de puertas.

El museo está vació. La Sala Principal comienza a atenuar sus luces. A medida que la iluminación general decrece empieza a destacar aún más la luz verduzca que se proyecta desde el interior de los tanques. La tenue música que ha comenzado a sonar dos minutos antes de las diez de la mañana se apaga, deja de escucharse entonces la sucesión de temas de música clásica y jazz. La música es programada por Luis Pedraza, un rudo empleado de los almacenes del museo, exquisito melómano, que un día propuso a su jefe ocuparse del *hilo musical,* sin desentenderse de las actividades más físicas por las que fuera contratado. Rawson aceptó gustoso con la condición de que la *playlist* propuesta por el empleado se renovara cada dos semanas. Luis recibe desde entonces un plus en su sueldo, y la satisfacción de ejercer como programador musical, tal es el nombre oficial con el que su nombre y apellido aparecen en los títulos de crédito del folleto oficial del museo.

Este es probablemente el mejor momento del día para Adrián Rawson que, impecablemente trajeado, se queda admirando —probablemente también vanagloriándose íntimamente— el principal reclamo del museo: dos hombres jóvenes, mutilados, desnudos, flotando en un líquido creado por él: «Este líquido hecho de peculiares sangres pasadas, odiadas y queridas a un tiempo», como dejó escrito en una libreta, ya perdida, que jamás mostró a su padre. Se reconoce como científico y empresario, exitoso en ambos rubros, pero siente una notable vergüenza interna cuando asoma fugazmente en la percepción que tiene de sí mismo algún atisbo de intelectualidad. Y no digamos ya cuando el destello que lo ruboriza es de poesía. La frase le parece una ñoñería, pero le resulta inolvidable.

Rawson suele asentir levemente, mientras los cadáveres, inmóviles en sus tanques, giran levemente dentro de su cabeza. Lo hacen casi imperceptiblemente, como si Rawson no pudiera imaginarlos desplazándose más rápido, contorsionándose, dando cabriolas, poniendo caras o, incluso, rompiendo el cristal y saliendo a la calle. Sólo ejecutan un levísimo ballet, moviéndose apenas, pero de manera coordinada. Sucede cada tarde y en ninguna de las sutilísimas funciones que dirige y representa el cerebro de Adrián las casi invisibles coreografías se repiten.

Como esperaba, se le acerca una sombra, tras la que, precedida por un aroma que no es el de ningún perfume comercial, se revela una elegante mujer algo más joven —51 años— y más alta —1,85— que él —algo más si sumamos la altura a la que la elevan sus tacones— que lo besa en la mejilla y se aferra a su brazo. Eva apoya su cabeza en el hombro de Adrián, sobre el que derrama su densa cabellera morena. Durante el día las situaciones son cambiantes, los quehaceres los obligan a estar a merced de ciertas rutinas, pero también de variados imponderables que exigen un reparto de tareas que los abocan a un distanciamiento. Pueden, incluso, pasar el día entero sin verse, sin hablarse. Pero, salvo que un viaje la lleve fuera de Madrid —es la que más viaja de los dos— esta escena final se repite a diario.

—Buenas tardes, Adrián, Eva...

—Hola, chicas —saluda uno o ambos a las empleadas que irrumpen siempre a las ocho y cinco.

Hasta que las cinco limpiadoras comienzan su trabajo, la pareja contempla, casi en penumbras, solamente iluminados por los reflejos verdosos proveniente del interior de los recipientes, los cuerpos inmóviles flotando.

Cabeza de león, cuerpo de cabra y cola de dragón

Son las diez y media de la noche. Adrián y Eva cenan en el salón de su casa. Hace un par de horas han ganado en relajada vulgaridad al abandonar sus «ropas de trabajo». Ella se ha recogido el pelo. Él se ha puesto la vieja camiseta que lleva impreso el cartel de la película Tiburón —cada vez le queda más pequeña— con algún agujerillo en la espalda. Por poner sólo dos ejemplos de la íntima comodidad que conquistan de lunes a viernes cuando llegan a casa, se duchan y se encaminan lentamente hacia la cena.

Ella, sin embargo, aun descalza y luciendo el mismo conjunto de roída sudadera y amplísimo pantalón floreado de pijama chino durante días, no consigue perder ese halo algo sobrenatural del que Adrián es tan consciente. Quizá por efecto del largo enamoramiento que vive o tal vez por el asombro científico que no logra desentrañar, es que con frecuencia se pregunta para sus adentros: «¿Realmente existe esta mujer?». En el fondo, se trata de la típica pregunta de un hombre afortunado, conocedor de que la respuesta es afirmativa. Sin embargo, el interrogante reaparece cada tres o cuatro días en su pensamiento: «¿Realmente existe esta mujer?».

Están disfrutando de la cena en la vieja y amplia mesa de la cocina que, como tantas cosas en esa casa —además

43

de la propia vivienda— perteneció a Rawson padre. No quiere enredarse ahora en el pensamiento que sabe se está asomando, pero no tarda en renunciar a la lucha. Sabe que esta noche, en esta plácida circunstancia en la que se halla, podrá entrar en esa idea, recorrerla y salir de ella gozando de una tranquilidad de espíritu quizá más elevada que la que tiene antes de adentrarse en el bosque al que se acerca, sobre el que, de muchas maneras —más o menos confusas—, ha escrito más de una vez en diferentes libretas.

Adrián, como otras veces, piensa que ya sea por mímesis o a través de un vacuo intento de suplantación de identidad, debe intentar apoderarse —necesariamente de forma simbólica— del conjunto de piel, músculos y huesos que componían el cuerpo de su padre muerto hace casi cuarenta años. Puede que él y su padre fueran diametralmente distintos, pero conserva, mima y hasta adora los vestigios de gran parte de la vida de su progenitor, no para que perviva en el recuerdo a través de los objetos, de su legado, sino para que aun muerto, siga siendo real y tangible a través de su único hijo. Si Adrián viviese en tiempos pretéritos, en épocas de bestias y barbaries, no dudaría. Libre del yugo de la civilización y de su, a veces pretenciosa superioridad léxica, sería capaz, sin el mínimo atisbo de simbolismos, metáforas o sutilezas retóricas —literalmente— de superponer la piel de su padre a la suya, cosiéndosela con sedal, anzuelo y sin anestesia alguna.

Cenan pasta con el delicioso pesto que prepara Eva. La iluminación es importante para ambos y casi siempre eligen dejar encendida la luz del salón, permitir que la cocina se ilumine con ella y se complete con las velas —esta noche sólo una— que siempre son elección de Eva. Han empezado a cenar hace diez minutos y la botella de vino ya está por la mitad. Es lo habitual. Rara es la noche en la que no beben una botella entera. Durante las cenas de los viernes abren una segunda. Siempre Ribera.

Eva coge repentinamente su móvil.

—Ah. —como si acabara de recordar algo.

Teclea.

—Eva... —Adrián recrimina extrañado.

—Espera, espera... —dice ella, sonriente.

Él deposita el tenedor en el plato.

—...espera, amor, es gracioso, oye, oye. Inteligencia artificial...

—¿Qué?

—Inteligencia artificial.

—¿Pero qué estás...?

—Le pedí que describiera la cena bucólica de una pareja de enamorados en su casa... Oye...

Adrián sonríe, expectante.

—Tú estás mal de la cabeza.

—La pareja de enamorados se encuentra en su casa —comienza Eva a leer en la pantalla de su teléfono— donde han preparado una cena especial para disfrutar juntos. La atmósfera está llena de calidez y amor, creando un ambiente acogedor que invita a la intimidad...

Adrián escucha con risueño interés.

—...y la conexión. La mesa está elegantemente decorada con un mantel suave y delicado, resaltando el encanto de la ocasión. Velas perfumadas iluminan la habitación con una suave luz, creando destellos dorados que bailan por toda la estancia.

—Ni se te ocurra usar velas perfumadas, ¿eh? —interrumpe alegre Adrián.

—El cálido resplandor de las velas —continúa Eva sonriendo— contribuye a generar una atmósfera romántica y relajante. El aroma de las deliciosas comidas que han preparado llena el aire, despertando el apetito y estimulando los sentidos. Los suaves olores de hierbas frescas, especias y platillos cocinados con amor se mezclan para crear una fragancia irresistible. La música suave y melodiosa se escucha de fondo, complementando perfectamente el ambiente.

Ahora ríen abiertamente después de cada punto y seguido.

—La pareja se encuentra sentada cómodamente en una mesa cercana a la ventana que ofrece una vista encantadora del jardín o de un paisaje natural. Se deleitan con la comida exquisita y se dedican tiempo para conversar y profundizar en su conexión emocional.

Adrián bebe un buen trago sin dejar de asentir y sonreír.

—En el ambiente acogedor de su hogar, rodeados de amor y cuidado mutuo, la cena se convierte en un momento mágico e inolvidable. La pareja se sumerge en un universo propio, donde el tiempo se detiene y solo existe... el amor que comparten —cierra Eva, enfatizando teatralmente la última frase, antes de soltar una carcajada.

Adrián acompaña a su mujer, aunque algo más discretamente, al tiempo que deja la copa sobre la mesa y aplaude tres o cuatro veces.

—La inteligencia artificial nos conoce perfectamente —dice Eva cogiendo con ambas manos la cara de Adrián y dándole un besito en la boca.

—¿Vas a comprarte un robot para que nos haga estas descripciones tan... perfectas y sin alma todas las noches?

—Me encantaría —dice ella, irónicamente.

—Prefiero la carne muerta a los robots vivos.

—Qué redicho eres —ella sonriendo.

—Jajaja... mis tonterías.

—¿Estás contento? —pregunta Eva, repentinamente seria, antes de meterse una buena cantidad de pasta en la boca.

—¿Por qué preguntas? —responde extrañado.

—Yo estoy contenta.

—Y yo, y yo.

—Nos va bien, ¿no?

—¿Te está dando un ataque de inseguridad? ¿Llamo al SAMUR?

—No seas tonto.

—No puedo evitarlo.

—El *nuevo* está siendo un éxito… —dice ella serenamente, quizá intentando dirigir la charla hacia alguna dirección.

—Sí, fue una buena decisión. Tuya: si un cadáver nos daba público, dos…

Eva asiente risueña.

—Y también comíamos pasta la noche que te lo dije.

—Buena decisión traernos al milanés. El milanés misterioso.

Adrián levanta su copa invitando a brindar a Eva. Chocan sus copas.

—¿Has visto? Ya no digo chinchín… —dice Eva.

—Jajaja… Este matrimonio va viento en popa.

—Te quiero —dice ella.

—Hoy estás muy guapa.

—Gracias, cariño —con la boca llena.

Eva traga y extiende su mano, posándola sobre la de su marido. Adrián fija un momento su mirada en la alianza que luce su mujer. Mira sus labios ligeramente manchados con restos de salsa. Sonríe. Permanecen inmóviles, mirándose.

—He estado pensando —dice él.

Eva ladea ligeramente la cabeza sin dejar de observarlo.

—¿En el milanés misterioso?

—En nosotros.

—¿En nosotros?

—Pero más en mí.

—Ahá —dice Eva, algo teatral.

—Pensando en cómo me sentía, en si era feliz o no. A veces percatarse es difícil… es algo complicado de… diseccionar…

—¿Diseccionar? —dice ella sin poder evitar una media sonrisa.

—De deconstruir, como dicen los pedantes ahora.

—Los chefs.

—Algo muy...

Adrián se detiene. Aparta la mirada de Eva, como si la palabra que busca no estuviera en los ojos de ella.

Eva lo mira casi maternalmente.

—¿Estás bien?

—El caso es que hubo una época en la que no estaba ni bien, ni mal...

Eva agarra la mano de Adrián. Lo mira con gesto preocupado.

—¿En eso has estado pensando?

—Pero ahora, aquí, soy feliz —lo dice sin sonreír, como si fuera consciente de estar comunicando algo que no puede prestarse a malentendidos—. Hay un... —gesticula con ambas manos como si quisiera coger algo imposible de atrapar— aura de autenticidad...

—Te estás liando —dice ella risueña.

—Sé que estoy viviendo la mejor de las vidas posibles. Y en el fondo no me hace falta analizarlo, ni darle vueltas, para saber que es cierto.

Eva ríe.

—Pues para no necesitar darle vueltas...

—No te rías. Es un sentimiento nuevo para mí. No sé cómo entenderlo.

—Anda, ven aquí.

Eva se inclina y besa a Adrián en la boca.

Adrián se separa algo bruscamente de los labios de Eva, que lo ve hacer un gesto con la mano abierta, como indicando que espere. Desaparece casi por completo del campo de visión de su mujer, agachándose. Resurge de debajo de la mesa con una alegría exageradísima, claramente sobreactuada, como un títere haciendo una aparición fulgurante ante un público infantil. Deja sobre el mantel una caja pequeña, algo más alta que ancha, envuelta en colorido papel de regalo.

—¡Tachaaaaán!

—¡No, te has acordado! —exclama ella sinceramente sorprendida.

—Cómo se me iba a olvidar: nueve años. Son nueve, ¿no?

Eva coge bruscamente el regalo, destroza el papel y abre la caja con ilusión infantil.

—¡Una taza! —exclama ella.

—¡Respuesta correcta!

Ambos ríen. Se abrazan.

—Me has regalado una taza —incrédula y feliz.

—De las mejores del mercado. Con asa ambidiestra —remarcando el chiste mientras la manipula con ambas manos, señalando la obviedad y la verdad que esconde la gracieta.

Eva ríe. Le quita de las manos la taza a Adrián.

—Gracias, amor —dice Eva remarcando la palabra amor al tiempo que la señala en la taza, donde luce la leyenda: PARA MI AMOR.

—Buscaba un regalo simple, casi cursi. Sin el casi: cursi.

—Jajaja. Lo has conseguido. Me encanta.

Adrián parodiando a un tipo rudo y prepotente:

—Bueno, ¿y qué tienes para mí, mujer?

Eva deja la taza en la mesa, se pone en pie y se acerca sinuosamente a Adrián, rodeándolo por detrás.

—Tu regalo, todavía no puedo dártelo.

—Ya: te acordaste tarde —dice permaneciendo sentado y fingiendo decepción—, los de Amazon no llegaron a tiempo.

—No, listo.

—Ya. Tan previsora en el trabajo y tan…

—¿Te puedes callar y dejarme amenizar la espera? —interrumpe ella.

Aprieta su cuerpo contra la silla y la cabeza de su esposo, acariciándole el torso por encima de la camiseta.

Como es evidente, ha comenzado la consabida sucesión *in crescendo* de fogosidad erótica. Se besan. Cada vez más intensamente. Adrián se levanta de la mesa y al hacerlo vuelca su copa, que ninguno pone nuevamente en pie. La progresión de caricias y besos terminará con ellos haciendo el amor.

Lo que no resulta tan obvio es que —ahora que comienzan a desbarrancarse irremediablemente hacia el final del precipicio acompañados por el *off* de sus gemidos y jadeos— junto con las imágenes que se suceden en sus cabezas mientras ocurre la lasciva coreografía ejecutada por sus cuerpos, comienza también a componerse un montaje que condensará muchas situaciones pasadas de su historia en común. No se tratará necesariamente de imágenes eróticas. La mente tiene esa capacidad de pensar —o compensar— situaciones que no engarzan con las que el cuerpo está poniendo en escena. Cuerpo y mente —y a veces sólo partes del cuerpo y partes de la mente— se comportan con cierta independencia, desobedeciéndose entre sí, como si un muslo fuera el ejército enemigo que guerrea contra la nuca rival, y esta, a su vez, constituyera un comando de élite especializado en atentar contra un pensamiento adolescente enemigo que pretende coronar la colina de un pecho desde el que disparar, sin pretenderlo, a un recuerdo aliado.

El *fuego amigo* es muy frecuente en esos casos. Hacia el final, Eva y Adrián suelen establecer una alianza estratégica a partir de cierto álgido punto de la batalla. Unen sus fuerzas para desplegar un plan encaminado a vencer —sabiendo que la batalla final está perdida— al enemigo común: la muerte.

Entre el *collage* de imágenes que participan en la orgía organizada por los cerebros de Eva y Adrián, algunas fugaces como chispazos, otras con algo más de «metraje», se pueden distinguir estas:

Eva haciendo de guía en el museo.

Un verso de un poema de Borges. Este:

Hay una fotografía que ya puede ser de cualquiera.

Ambos cenando en un restaurante de barrio.

Adrián paseando por las instalaciones del museo, saludando a algunos visitantes.

Eva bebiendo sola en un bar de Orvieto, levantando levemente la copa, como si brindara con alguien que no está.

Ambos viendo películas indefinibles en el sofá de su salón.

La cara de un amigo de la infancia que murió hace un año.

Eva firmando un albarán en el almacén del museo.

Manuel Rawson, muerto, allí abajo, y su hijo mirando desde lo alto de la escalera que conduce al despacho laboratorio.

El retrato del doctor Rawson en la pared del museo, moviéndose como un péndulo al ritmo del atronador tictac de un reloj.

Adrián, con siete u ocho años, imitando a su padre, fumando frente a un espejo una pipa. Encendida. Tosiendo.

Pasos indistinguibles bajando las escaleras que conducen al viejo despacho de Rawson padre (un sueño recurrente de Adrián).

Eva, con trece años, en el funeral de la madre de Adrián.

La mano de Rawson adolescente apoyada en un montículo de tierra, seguramente, en el jardín familiar.

Sobre todo, se impone una historia completa, no un fragmento con más o menos recorrido. Una película que hacía quizás una década que no se reponía en la cabeza de Adrián Rawson, que ahora disfruta haciendo compatible lo que pasa entre su cuerpo y el de su mujer, con lo ocurrido hace más de cuatro décadas.

Adrián tiene once años. Está en los alrededores de una casa en el campo. Su padre fuma de pie en el vano de la puerta. Él lo ve desde unos cincuenta metros. Junto a un árbol, a unos cinco o seis metros del niño, hay una niña de sólo ocho años, sentada en el suelo, de espaldas al pequeño Adrián. La cría se gira un momento y mira sonriente al chico. Desde el instante en que la ve, sabe que se trata de Eva, a quien recuerda del verano pasado, cerca de la casa, caminado sola por los alrededores, cuando un amigo de ella, o un primo —desea en ese momento el pequeño— la llamó por ese nombre. Adrián, después de ver el escorzo que Eva le ha dedicado al girarse levemente en dirección a él, atraído por su belleza y con el corazón desbocado, piensa en Afrodita, de la que sabe, entre otras cosas, que es la diosa de la belleza, la sensualidad y el amor en la mitología griega. Prácticamente lo único que ha leído hasta entonces es un *Diccionario de Mitología* y *El hombre ilustrado*, de Ray Bradbury, ambos alojados en las estanterías de la biblioteca de su padre. A medida que Adrián se sobrepone a su timidez y se acerca a Eva con intención de interactuar de alguna forma, sin tener muy claro cómo, se va encantando más y más. La ve rodeada de mariposas que no están allí, en perfecta armonía con el entorno, que tampoco es el secarral en el que se encuentran, sino un suelo verde y florido. Refugiada bajo la sombra del árbol, la niña vuelve a girarse levemente y se alegra íntimamente de que él esté cada vez más cerca. Adrián, llegando a una distancia prudencial de Eva, piensa en si conseguirá sacrificar sus nervios por un acto de valentía al que lo desafía el amor. Se detiene repentinamente a observarla mejor, más detenidamente, para estar seguro de poder dar el último paso. Ella, que permanece prácticamente de espaldas y que adivina que el niño quiere saber qué es lo que está haciendo, qué está manipulando, con qué juega, se reacomoda ofreciéndole ahora su perfil. Adrián niño ya puede ver lo que hace, lo que ella tiene apoyado en su regazo. Cambia el gesto, deshace la sonrisa al contemplar lo que la niña de sus ojos está haciendo. Ya le ha arrancado una y ahora, asegurándose de ser observada, Eva le arranca la otra ala a una mariposa. La niña suelta en la tierra al bicho aún con vida, mira fijamente a Adrián y le ofrece, con la boca entreabierta, una bobalicona mirada. Adrián, continúa mirándola perplejo y vuelve a sonreír. Cree que jamás podrá admirar tanto a alguien. Se le revuelve el estómago al observarla bajo esa nueva luz, una más oscura, pero mucho más interesante. Lo extraño, la armonía del momento que ahora se torna en contraste al ver el fatídico destino de esa mariposa dictado por una niña inocente, no sólo es una señal de claro enamoramiento infantil, es también su primer encontronazo con una parte intrínseca a la existencia humana: La crueldad. Traga saliva porque lo sabe. Ya no está en presencia de Afrodita, sino de un tipo de criatura muy diferente, también perteneciente a la mitología, pero esta vez clásica: Una Quimera. Una amalgama de discrepancias. Una combinación traicionera e inconexa, pero tremendamente cautivadora y compleja: Cabeza de león, cuerpo de cabra y cola de dragón.

Ambos están exhaustos, desnudos, tirados en el suelo del salón. Adrián está dormido. Eva, fumando, lo mira con somnoliento amor. Una pareja madura, real, viva.

En la mesa del salón quedaron los platos a medio terminar. No han bebido más que media botella de vino. La cera sigue cayendo en el soporte de cristal. La vela, finalmente, después de otros dos pausados cigarrillos, no tardará en extinguirse. Desde el salón, Eva ve la agónica luz de la cocina. Su cara ya no refleja amor, pero, incluso para ella, es imposible dilucidar en qué ha mutado.

Las manchas no se quitan apagando la luz

Ocho y media de la mañana. Adrián entra en el museo. Como cada día, elige el camino más largo para ir a su despacho. Prefiere atravesar la recepción y la sala principal, para así pasar delante de los dos cadáveres que para entonces ya están iluminados teatralmente, antes de girar a la derecha y coger el último tramo camino de las oficinas, bajar los diez escalones y llegar a su escritorio. Podría haber accedido a su despacho unos dos minutos antes, simplemente torciendo hacia la derecha una vez atravesada la puerta de entrada, avanzando por el corto pasillo, bajando ocho escalones y desembocando en la pequeña sala en torno a la cual hay tres oficinas del mismo tamaño. Una de ellas, la suya.

Se aproxima a recepción, levanta la vista y admira brevemente el cuadro de Don Manuel Rawson sin detenerse, como cada día. No puede evitar pensar un «Buen día, papá» que casi siempre lo hace sentir un poco idiota. A veces no puede creer que ese cuadro se mantenga allí arriba desde hace ya ocho años sin haberse caído nunca. Sin siquiera haberse torcido un poquito después de alguna de las limpiezas a las que lo someten mensualmente.

En el mostrador de la recepción hay unas cuantas cajas apiladas, de dos tamaños. También en el suelo. Cuando

Adrián toca una de las cajas, la voz de Claudia, una de las «empleadas de sala» como definen desde la inauguración del museo al personal que trabaja, sobre todo, en la parte expuesta al público, se acerca taconeando a espaldas de su jefe.

—Adrián —dice ella acercándose.

—Buenos días, Claudia —dice al girarse y encontrarla alisando su chaqueta azul sin arrugas con una mano y señalando las cajas con la otra—. ¿Ya llegaron?

—Buenos días —dice ella asintiendo—. Los posters nuevos. Y las postales. Los cuadernos y el resto de la papelería los traen entre mañana y pasado.

—Se han adelantado, ¿no?

Claudia asiente.

—Han quedado muy guay —afirma ella.

—Guay —repite Adrián con leve tono de sorna, observando la tapa de las cajas donde están pegadas las respectivas muestras de los carteles y las postales que contienen—. Que alguno de los chicos las baje al almacén hasta que tengamos todo.

—Claro —dice ella siguiendo su camino en dirección a los servicios cercanos a la recepción, mientras coge su cabellera y comienza a armarse la coleta, labor que concluirá ante el espejo del baño.

—Gracias, Claudia.

Adrián rasga con la punta de un boli el cartón de la tapa de una de las cajas con los carteles. La abre separando las dos mitades de la tapa. Extrae el primero de los posters. Es de similar diseño a los que pueden verse y comprarse en esos momentos, y desde hace unos cinco años, en el museo. La imagen básica que reproduce el cartel es la misma que actualmente ilustra carteles, folletos, tazas, lápices y, en general, todo el *merchandising* del museo. Cogiendo el cartel por los vértices superiores, observa la imagen, estirando los brazos y alejando así cuanto puede el papel de su mirada. Ladea la cabeza. La foto, si bien está tomada casi desde el exacto punto en que fue hecha la utilizada hasta ahora, aparece algo más cercana a la vista del espectador. Los colores están, también, algo más saturados.

Adrián se acerca y se aleja del póster. Frunce el ceño. Se percata de algo y no sabe si es una ligera ilusión óptica causada por su creciente miopía o una percepción inducida por las sutiles diferencias entre la consabida imagen de siempre de los cadáveres, y la imagen de esta nueva tanda, muy similar, pero no exactamente igual a la de todos estos años.

Baja algo la altura a la que está observando el cartel. Detrás, en la sala principal, puede percibir difusamente los tanques de cristal que contienen los cuerpos. Levanta nuevamente el cartel y vuelve a echar un vistazo al tiempo que comienza a andar en dirección a los cadáveres *reales*. Avanza mirando con extrañeza la sala a la que se aproxima, sosteniendo el letrero con una sola mano. Se planta frente a sus dos cuerpos mutilados: «Leo y el milanés sin nombre». Da unos pasos hacia atrás con el póster desplegado ante sí. Coteja el cartel en primer plano con los tanques en segundo. Sube y baja el papel, al tiempo que busca el punto exacto desde el que ha sido tomada la fotografía que sostiene. Baja lentamente el póster y, progresivamente, de arriba hacia abajo, van apareciendo los cadáveres de carne y hueso. Cuando llega a los pies de los tanques, ve en el primero la placa identificativa con el nombre del cuerpo primigenio: LEO. Mira la fotografía recién llegada, se la acerca a los ojos y comprueba que el recuadro que debería contener el nombre del cadáver incorporado recientemente al museo está vacío, como es de esperar, puesto que el cuerpo permanece innombrado.

O permanecía. Adrián se acerca al tanque del milanés y su espalda es recorrida por un cosquilleo de inquietud.

Ahora, en la placa donde hasta ayer por la noche no había nombre alguno, aparece uno, el suyo: ADRIÁN.

Rawson toca la placa de metacrilato sin comprender. Enseguida entiende que el cambio no está en el papel impreso. Mira la placa, mira el póster. Mira hacia la derecha, en dirección a la entrada del museo. Mira hacia la izquierda. Mira detrás de sí. Vuelve a leer a los pies del tanque: ADRIÁN. Mira su reloj, como buscando en los números que las agujas señalan la seguridad de que la realidad no se ha rendido ante este desajuste incomprensible que, casi sin esfuerzo, parece haberle arrebatado la sensatez. Son las ocho y treinta y cuatro.

Un grito, colándose entre el aturdimiento en que está envuelto, parece abrirle una rendija por la que salir de la cueva fantástica en la que se ha metido.

—¡Adrián, Adrián! —grita la voz que se acerca.

—Juan, ¿qué pasa? —exclama casi aliviado a su empleado.

—¡Luis, es Luis! —dice el trabajador—.

—¿Qué le pasa?

—No sabemos. Ven, ven…

Ambos corren en dirección a las escaleras que llevan al almacén. Adrián ni se da cuenta de que ha soltado el cartel.

Tres empleados *de almacén*, vestidos todos con camisa y pantalones grises, rodean a Luis, que tiembla y agita sus extremidades tumbado en el suelo. Alguno intenta dominar sus brazos. Dos sujetan las piernas del afectado. Otro, de rodillas, se agarra la cabeza y está a punto de llorar. No pueden evitar los retorcimientos de Luis, quien, por momentos con los ojos en blanco, babea y gime descontroladamente.

—¡Llama al ciento doce, llama! —grita uno de ellos al compañero arrodillado, que, asintiendo, se pone en pie y se aleja de la escena al tiempo que saca el móvil del bolsillo.

Adrián y Juan se aproximan corriendo.

—¡Estoy llamando, estoy llamando! —grita el joven empleado lloroso al paso del jefe y de Juan.

Adrián se lanza decidido a intentar sujetar a Luis, que convulsiona de manera más notable, retorciéndose y golpeándose reiteradamente la nuca contra el suelo. Rawson se coloca a horcajadas a la altura de la cintura de Luis. Sujetándolo por ambas muñecas.

—¡Ayudadme, coño! —grita Adrián.

Los compañeros acentúan sus esfuerzos para inmovilizar al atacado por los espasmos. A los pies de la escalera aparece Claudia que se tapa la boca y evita acercarse.

—¡Luis!, ¿qué te pasa, Luis? —exclama Adrián—. ¡Tranquilo, joder!

Luis, tose y escupe repentinamente un pequeño chorro de sangre, manchando la cara enrojecida y la camisa blanca de Rawson.

Eva, vestida con su habitual estilo relajado de entrecasa, remueve un estofado de carrillada. Escucha las llaves en la puerta, anuncio de la entrada de Adrián en la casa.

—¡Amor! —grita como casi cada día a esas horas desde la cocina.

Adrián entra en la cocina después de dejar la chaqueta tirada en el sofá del salón.

—Amor —dice a media voz a su mujer al tiempo que se desabotona la camisa.

—¿Cómo está? —pregunta ella dejando la cuchara de madera sobre la encimera y abrazando a su marido

—No están seguros —dice comenzando a quitarse la camisa.

—Dame. —Mientras ayuda a quitársela y quedándose con ella.

—Puede ser un derrame cerebral, o un… no sé. Aún no lo tienen claro.

Eva mira la mancha de sangre, transformada ya en oscurísimo color rojo.

—Va a ser difícil de quitar —dice ella.

Eva, huele la mancha de sangre.

Adrián levemente molesto por ese gesto que no comprende, frunce el ceño. Coge su copa de vino.

—¿Pero él…?

—Está bien —interrumpe Adrián—. Todo lo bien que se puede estar. Sedado. Hay que esperar.

—¿Avisaron a su mujer?

—Está ahí, con él —dice asintiendo.

Eva no encuentra las palabras que aplaquen la intensidad del momento.

—Pobre Luis.

Adrián, con el torso desnudo, se sienta, agotado, en una de las sillas. Coge la copa de vino que estaba bebiendo Eva mientras cocina. Bebe y asiente levemente.

—Mañana iré a verlo.

—Por supuesto. Yo también. No tiene por qué ser nada malo. Todo irá bien.

—Eso me han dicho.

Eva se acerca a Adrián, deja sobre la mesa la camisa ensangrentada. Lo besa en la mejilla. Adrián se gira levemente y le devuelve el gesto, agarrando su mano y besándola fugazmente en la boca.

Eva hace el amago de retomar la cocción del guiso. Adrián no cede, continúa agarrándola mientras la mira a los ojos. Ella, quizá confundiendo su gesto con otra muestra incondicional de la adoración que él le profesa, sonríe. Adrián la libera y, esta vez sí, vuelve a los fuegos de la cocina.

Coge la cuchara y remueve el guiso.

Adrián desde la mesa mira de reojo la camisa ensangrentada. Niega con la cabeza sutilmente.

—Qué bien huele eso… —dice Rawson, queriendo marcar un punto y aparte.

No se resigna a guardarse el tema que lo inquieta desde las ocho y treinta y cuatro de la mañana, a pesar de que la repentina y triste novedad de Luis condicionó el día de todo el equipo del museo.

—Y mejor que sabrá.

Ambos sonríen esforzadamente.

—Pobre Luis —agrega ella, como si no quisiera que la conversación coja desvío alguno.

Adrián asiente. Bebe un buen trago. Se levanta de la silla y se aproxima a Eva. Mete la camisa en la lavadora, pero no cierra la portezuela, ni coloca el detergente ni el suavizante. Suspira a espaldas de su mujer.

—Oye, ¿le has puesto nombre al nuevo cuerpo? —dice Adrián con una media sonrisa impostada.

Eva, tapa la olla y se gira encontrando la mirada de su marido.

—Sí, amor. —Asiente varias veces con una exagerada mueca que parece rogar perdón.

Adrián pregunta con una mueca a la que no hace falta acompañar con un: «¿Por qué?».

—Te quería dar una sorpresa —argumenta ella.

—Hubiera bastado con regalarme un buen ramo de flores —dice Adrián forzando una frase graciosa que no acaba de resultar, quizá porque la cara de enfado no acompaña adecuadamente a sus palabras.

—Lo sé, lo sé, lo hice mal. Supongo que ha sido un regalo un poco agridulce. Sé que tendremos que rehacer los folletos porque olvidé incluir la placa con el nombre en la nueva papelería. Ya me lo contó Claudia. Una putada, lo admito. Lo siento.

—¿Y ya está? —dice sonriendo burlonamente.

—¿Ya está el qué? —cambiando bruscamente el tono, mirándole a los ojos.

—Es dinero y supone un trabajo volverlos a imprimir.

—Sí, lo sé, por eso te estoy pidiendo perdón —tajante.

—Y no es sólo eso, que debería ser suficiente —recobrando un tono menos hostil—: Tendrías que haberme consultado lo del nombre, ¿no?

—Habría dejado de ser una sorpresa.

—Las sorpresas déjalas para casa, Eva.

Ella niega con la cabeza, levantando las cejas y riendo con fastidio.

—¿Qué pasa? —desafía Adrián.

—Nada —dice ella destapando la olla.

—Dime.

Eva se vuelve nuevamente hacia él.

—Sé que la cagué con los carteles y los folletos, pero no hagas que me arrepienta de lo del nombre.

Adrián duda, busca las palabras, se impone serenidad, pero sólo consigue rebajar la recriminación.

—Sólo te pido que pienses más las cosas.

—Tú siempre haces estas cosas. Las muestras locas de afecto. La… taza cursi. No me pides que previamente *supervise* tus sorpresas.

—Estamos hablando del museo.

—El museo, la casa. Tienes que dejar de querer controlarlo todo, todo el tiempo, y preocuparte más por pensar en lo que sienten los demás.

—Venga, Eva, yo no hago eso, yo no soy así.

—Déjalo. Sólo quería tener un gesto bonito contigo. Y punto. Lo demás sólo es dinero.

Adrián cabizbajo, asiente, no quiere seguir alargando la discusión.

—Tienes razón.

Rawson parece dominar el enfado. Suspira notablemente, se sienta y vuelve a beber.

Eva también quiere superar este momento y encaminarse serenamente hacia la cena, la cama, el sueño.

—Yo me ocupo de enmendar el error. Y de pagarlo. Con mi dinero —dice Eva

Adrián fuerza una sonrisa bienintencionada.

—Bien.

—Todo. Volveré a redactar los textos de los folletos —con entusiasmo que pretende adelantarse a las quejas que sabe están pugnando por salir de la boca de su esposo—, los libros. Lo reharé todo. Lo haré rápido. Y quedará bien. Quedará mejor.

—Sí, tranquila. Siento haberme obcecado con lo de los folletos y con...

—Todo está bien —interrumpe ella.

—Perdona.

Ambos sonríen.

—Y ¿te gusta? —pregunta Eva a media voz, con cierto temor a que la respuesta de Adrián reavive la discusión.

Él la mira buscando la respuesta idónea, honesta, o que parezca lo más honesta posible.

—No te gusta —dice ella sentenciando, dejando caer casi imperceptiblemente los hombros y la mirada.

—Eva...

—¿Te gusta o no te gusta que el milanés lleve tu nombre? —dice con el tono firme de quien no está dispuesta a esperar demasiado tiempo por una respuesta.

Adrián la mira en silencio. Lo que ve en la mirada no tarda en deshacerle por completo el apretado nudo del pecho que tantas horas lleva ahogándole la respiración.

—No te gusta —afirma Eva

Adrián, como si supiera que no debe seguir jugando con los segundos, fabrica lentamente una media sonrisa.

—Me encanta —afirma.

Eva lo abraza emocionada, como celebrando una victoria *in extremis*.

Madrugada. Adrián se levanta de la cama con cuidado de no despertar a Eva, que ronca muy suavemente. Entra en la cocina. Abre la lavadora. Saca su camisa blanca. La despliega ante sí tal y como unas cuantas horas atrás hiciera con el nuevo cartel del museo. La mancha de sangre no se ha disuelto por completo. Frunce el ceño. Mete nuevamente la camisa en la lavadora. Abre el cajetín y llena hasta el tope los sitios correspondientes al detergente y al suavizante. Aprieta el botón y el proceso de lavado comienza. Muy silenciosamente.

Piano piano si arriva lontano

Lo conmovió un primer detalle del muchacho —algo que nunca nadie había hecho hasta entonces—. Adrián le entregó una botella de agua mineral que, sin levantarse de su butaca, extrajo de la neverita que tiene a su derecha, bajo la mesa de cristal. El nuevo cogió la botella, bebió de ella en un par de ocasiones durante la charla en el despacho, pero en ningún momento la apoyo sobre la mesa. Los leves restos circulares de agua, que habitualmente los entrevistados dejan sobre el cristal al posar la botella en él, se marcaron en la tela de sus vaqueros, a la altura del muslo.

Los primeros diez minutos de charla entre Adrián y Fabrizio han resultado muy amenos, agradables para ambos. El jefe pudo ver que las palabras elegidas, el trato general con que lo ha recibido, han tranquilizado al nuevo. En un principio, el muchacho no dejaba de excusarse por su mal español que, a Rawson, sin embargo, le parecía un más que aceptable español: el fuerte acento italiano era de esperar.

El joven y Adrián caminaron juntos por las salas del museo, que no serán el ámbito en el que desarrollará preferentemente su trabajo, pero Rawson quiere hacerle saber, como al resto de empleados, que forman parte del museo, son partícipes también del concepto, del espíritu familiar que los une, a los de arriba —personal de sala—, y a los de abajo —personal de almacenes—.

Ahora se alejan de la sala principal, donde Adrián estuvo un buen rato explicándole quiénes eran los cadáveres, la *función* que cumplen en el museo —«Son dos trabajadores más»—, los adornos escenográficos y lumínicos que ensalzan su presencia, el espíritu que representan, y otras consideraciones que para Fabrizio, según dijo y demostró, no le eran ajenas

—Me sé de memoria la página web, tengo varios de los libros que vendéis, conozco la prehistoria y la historia del museo...

—Aunque Luis se recupere, y espero que sea pronto, no te preocupes: si tu rendimiento es bueno, te quedas.

—Gracias, señor Rawson.

—Adrián, llámame Adrián...

Fabrizio asiente.

—Este también es nuevo —dice el muchacho señalando con un leve gesto de la cabeza al cuerpo llegado recientemente—, como yo —remata sonriendo tímidamente.

—Sí, y también compatriota tuyo.

—Vecinos, casi: yo también soy de Milán, del barrio de Brera. Él era de Lambrate, un barrio bastante más peligroso que el mío.

—Así es.

—Lo que no sabía era que se llamara igual que tú. Creía que su familia no quería que...

—No fui yo quien le puso el nombre —interrumpe Adrián.

Se escuchan unos tacones acercándose. Adrián sabe quién está subida a esos zapatos. Ambos se vuelven en dirección a Eva, que acelera algo su andar.

—Perdón por interrumpir...

—Hola, cariño. Es Fabrizio.

—Lo sé. Hola, Fabrizio —pronunciando su nombre con, quizá, exagerado énfasis italiano antes de darle dos besos.

—De los dos *finalistas* que elegiste me decidí por él —dice Adrián.

—Bienvenido, Fabrizio.

—*Grazzie* —y es la primera palabra que pronuncia en su idioma desde que entrara al museo—. Gracias.

—Me voy que me está esperando el taxi, amor. No lo aburras mucho, ¿vale?

Eva da un «piquito» a su esposo y se marcha en dirección a la salida.

—Dale un beso a Luis —dice Adrián en voz alta.

Eva, sin girarse, levanta la mano con el gesto del pulgar en alto.

—Ella trajo al nuevo —apuntando brevemente con un gesto al cadáver—, y ella decidió *ahora* llamarlo Adrián.

Fabrizio asiente en silencio. Rawson se limpia con el dorso del dedo índice la supuesta mancha de carmín que le habría dejado su mujer en los labios.

—No te ha manchado —dice Fabrizio sonriente.

—¿Perdona? —dice Adrián.

Fabrizio se señala su propia boca al tiempo que niega ligeramente.

—Ah… —dice Adrián sonriendo.

Los dos retoman la caminata, adentrándose por el amplio pasillo que lleva a la siguiente sala.

—Tu exjefe, Menotti, le habló maravillas de ti a Eva, y a mí, por teléfono.

—Don Carlo es un gran hombre. Muy generoso.

—*Anche io* —afirma Rawson señalándose con ambos pulgares.

Ambos sonríen.

—Mi italiano sí que es lamentable, no como tu español —dice y señala la entrada a la sala—. Aquí tenemos los fetos…

Se adentran allí.

—¿Siguen siendo veinticuatro? —pregunta Fabrizio.

Adrián hace un gesto admirativo.

—Así es. Y ninguno de ellos ha crecido nada desde que están aquí.

Fabrizio tarda un par de segundos en pillar la gracia. Sonríe.

Adrián y Eva en otro de sus habituales momentos previos a la cena. Sentados distendidamente en el gran sofá del salón. Desde hace unos cinco minutos beben un gintonic y evidencian que ambos están de muy buen humor, como suele ser usual a esas horas, en su casa.

—… Entonces, a ver, ¿cómo va esto? —La charla en torno a este punto concreto lleva desarrollándose unos momentos—. Los días que haces *cena fría*, ese eufemismo de bocata con aires seudo vanguardistas, demuestras tener bastante morro: yo hago siempre unos platos calientes de lo más elaborados…

—Pero, qué rápido has olvidado mi carrillada al vino tinto —interrumpe ella sonriente.

—Cuando hay cena fría —continúa sin acusar la recriminación— toca gintonic previo, que preparo yo, por cierto, y cuando cocino yo no ni cóctel previo ni nada.

Eva ríe de manera corta y explosiva, risa que, hace ya muchos años, Adrián bautizó como *risa de un solo ja*.

—¡No me había dado cuenta!

—Nooo, claro —sonriendo—. No te das cuenta de nada. Miedo me da cómo va a quedar la nueva sala de proyecciones.

—Espectacular, el minicine quedará espectacular.

Él bebe con gesto de incredulidad.

—No lo sé, como no me dejas ni siquiera ver cómo van…

—Las obras marchan estupendamente —interrumpe ella.

—Sí, ya —muy risueño—, como la nueva papelería.

Eva, conteniendo la risa, parodia un gesto de enfado, cruzándose de brazos, sin soltar su copa.

—Eso ha sido muy sucio.

Unas gotas de ginebra de la copa de Eva han caído sobre el tapizado del sofá. Adrián, se apresura a secarlas pasando su mano.

—Majo el nuevo, ¿no? —dice Adrián repasando con la tela de su raído pantalón de chándal los restos ya imperceptibles de la bebida en el sofá.

—¿Fabrizio?

Adrián asiente.

—Me lo crucé a la hora de la comida —abunda Eva—, nada, dos palabras. Los chicos también me comentaron que todo muy bien con él. *Nene,* lo llaman.

—¿Nene?

—Lo bautizaron enseguida.

—Es que es un niño.

—Bueno, niño… Veinticinco años. —dice ella antes de beber un trago.

—Luis me mandó la playlist desde el hospital —dice Adrián, virando bruscamente la dirección de la charla, algo nada infrecuente en él.

—Sí, me dijo que te la iba a mandar. Es un encanto. Lo encontré muy bien, la verdad.

—Hablé con él. Lo llamé. Está deseando volver.

—Que se lo tome con calma.

—Eso mismo le dije.

—Lo tranquilicé, con lo del nuevo.

—Y yo. Pero no creo que Luis esté preocupado: antes de esto ya se sabía que íbamos a ampliar la plantilla.

—Sí, ya, está tranquilo. Pero quiere volver, ya sabes cómo es.

Adrián bebe.

—Veinticinco… —dice mirando el contenido de su copa—. No quisiera volver a los veinticinco.

Eva lo mira extrañada. Cree que si dice algo será una tontería. Agradece que Adrián no levante la vista de su bebida. Entiende que cuando finalmente lo haga, la charla se desviará nuevamente. Casi con toda seguridad volverá a recriminarle risueñamente el menú que prepara cuando es a ella a quien le toca hacer la cena. Bebe.

Después de la cena, que transcurrió con más silencios que de costumbre, casi sin risas, ambos cuidando mucho las palabras, evitando molestar, como si hubieran firmado un pacto para hacer de ese momento, que habitualmente tanto disfrutan, una especie de paréntesis que soterrara la tensión que ninguno de ellos sabría definir adecuadamente, se fueron a la cama.

Habiendo pasado ya unas tres horas desde que apagaran la luz, Adrián Rawson baja las escaleras que conducen al sótano, al despacho que fuera de su padre y ahora es suyo. Casi exclusivamente suyo. Allí, Eva, que ahora duerme, desciende sólo en contadas ocasiones. Dos o tres veces al año. Adrián hace tiempo que dejó de invitarla a bajar, sabe que si persistiera en sus intentos, ella repetiría el difuso —y sincero— argumento para no hacerlo que arma —armaba— componiendo frases con las palabras incomodidad, inquietud, desasosiego, extrañeza...

Llega al final de la escalera, y el crujir de algunos escalones deja paso a un silencio en el que él siempre cree escuchar un lejanísimo y antiguo tintineo de cristales; el sonido de las caladas breves; el de la lapicera rozando el papel de las libretas en las que Rawson padre apuntaba resultados de investigaciones, tareas, fórmulas; o la voz de su madre, que solía bajar a comunicar mensajes cotidianos, caseros, como, por ejemplo, que había llegado correo, o que la comida estaría lista en diez minutos.

Enciende la luz.

70

Como siempre, mientras sus ojos se habitúan al cambio de la oscuridad a la de esta luz que tenuemente baja del techo, ve el amplio y completo laboratorio heredado de su difunto padre. Ahora el espacio está remozado, pero se trata del mismo lugar que tantas veces ha sido retratado en publicaciones, o mostrado en filmaciones como las del NoDo o las de reportajes de la tele. Quedan elementos —tubos de ensayo, recipientes, vitrinas metálicas algo oxidadas, pinzas, cucharas, sierras, cinceles, un microscopio, lupas…— que, claramente, son de aquella época, junto a otros modernos, como un ordenador portátil o, muy cerca del viejo microscopio, uno moderno. El escritorio es el de su padre, también la silla giratoria de madera, y la otra silla, de las mismas características, pero más alta, que hay junto a la mesa de operaciones, la misma que también quedara inmortalizada en fotos e imágenes en movimiento. Está algo más desvencijada que la del escritorio.

Se sienta en la silla cercana a la mesa de autopsias. Allí se queda mirando los vasos, tubos, algunas de las fotos, el diploma de su padre, recortes de prensa y carteles de las paredes. Cogido de los reposabrazos, gira lentamente en uno y otro sentido. Sin completar una vuelta completa. Piensa en muchas cosas que, como suele ser habitual, se le apelotonan cada vez que *baja a pensar*, como dice para sus adentros.

Cuando baja de madrugada es, sobre todo, para pensar. No siempre tiene algo concreto sobre lo que cavilar, pero todo ese material proveniente, salvo contadas excepciones, de su padre, siempre ha resultado un buen disparador para, allí abajo, tener la mirada muerta, sin rumbo y la mente llena de pensamientos más o menos oscuros.

Hoy, en primera instancia, motivado por los trastos viejos, piensa en el paso del tiempo, que enlaza con la última de las cada vez más escuetas conversaciones que mantiene con su mujer, la llegada de Fabrizio, la añoranza de la juventud en sus vidas, y de lo deseable que es esta cuando alcanzas cierta edad y sabes que ya hace años que has asistido a su desaparición. Para Adrián, la ausencia de juventud representa la muerte de las mariposas, las flores y los pastos verdes. Automáticamente vuelve el *joven* Fabrizio y retorna, también, el vano sacrifico que estaría dispuesto a hacer para poder volver a sentirse como, intuye, se sentirá el italiano: enérgico, fuerte, con la muerte tan lejana que parece inconcebible. La envidia que, como suele decir, siempre es malsana, no deja de bocetarle esos paisajes. Piensa en Eva y en él cuando eran jóvenes. Sonríe. Una sonrisa que se deshace rápidamente una vez que la realidad del momento se impone. Pese a que es feliz, los buenos momentos vividos siempre le causan un amargo sentimiento de nostalgia. No puede evitar idealizarlos y lastimarse, porque sabe que serán irrepetibles y, en ocasiones, irremplazables.

Poco a poco algunos pensamientos se van imponiendo a otros. Finalmente —aunque no siempre—. Hay uno que derrota a los otros. Entonces puede quedarse reflexionando allí unos instantes, sin profundizar en el tema que ha ganado la partida a la multitud que, hasta hace un momento, ocupaba su cabeza. Es como si la misión consistiera en que un pensamiento venza a los demás, y no en meterse en ese pensamiento ganador a intentar atrapar una conclusión.

Entonces, con una sensación que mezcla placer e insatisfacción, Adrián comprende que debe volver a la cama. A seguir durmiendo junto a la mujer de su vida.

En calzoncillos y camiseta, Adrián está sentado al borde de la cama. Procura no hacer ruido. Enciende la lamparita, sabedor de que, cuando Eva duerme, la débil luz de su mesilla no la despierta. Abre el cajón y extrae un bote de somníferos marca Somniflash. Se toma una píldora con el agua del vasito que siempre se lleva a la habitación. Deja el vaso sobre la mesilla. Lo levanta nuevamente, no hay rastro de agua sobre la madera de la mesilla, pero pasa su mano sobre la zona que ocupa el vaso ahora en el aire. Lo apoya nuevamente. Lo hace girar levemente, como acomodándolo maniáticamente en busca de la posición exacta, hasta que, después de un último ajuste, parece conformarse. Se acuesta y apaga la luz de su mesilla. Eva abre los ojos en la penumbra. Vuelve a cerrarlos.

El vestíbulo del infierno

Adrián está sentado en su escritorio, tecleando en su portátil. Lleva en su despacho del museo desde las ocho de la mañana, son las diez y cuarto. La actividad arriba, en las salas, ya es notable. En su oficina, saliendo por el pequeño altavoz que tiene en el escritorio, también se oye cantar a David Bowie su tema «Wild is the wind», que forma parte de la banda sonora de esta quincena, enviada por Luis desde el hospital, donde ya no está: termina de recuperarse en su casa. Mira su móvil, lo deja encima de la mesa.

Grita en dirección a la puerta abierta del despacho:

—¡¿Me dejas un cargador?!

Adrián consulta unos papeles como si abriera un cajón o se rascara la cabeza, sin poner especial interés en ninguna tarea.

—¿Ya te has quedado sin batería? —pregunta Gus, su secretario, al que Adrián nunca llama secretario.

Le da un cargador.

—Anoche no lo cargué.

—¿Sabes que hay cargadores portátiles?, no ocupan nada y puedes…

—Gracias, Gus —interrumpe sin mirarlo.

—De nada.

Gus se dispone a salir.

—Llámala tú, por favor —dice Adrián levantando la vista de los papeles.

Gus se detiene.

—¿A quién?

Adrián mira a Gus ladeando la cabeza.

—¿A quién va a ser?

—¿Eva?

—Recuérdale que, cuanto antes, tenemos que ver lo del presupuesto final de la sala de proyecciones, ya vamos por el *tercer presupuesto final* —en claro tono de queja.

—Minicine, ya sabes que prefiere minicine.

Adrián lo mira reprobatoriamente.

—Hace un momento estaba en el almacén…

Pues dile…

—…con uno de los chicos.

—¿Con quién?

—Uy —sonríe sorprendido—, ¿qué más da?

—Sí, es igual —dice volviendo a los papeles—. Cuando puedas dile que suba —mirando sin ver los números o letras o signos escritos— y vemos lo de la puta sala nueva.

Gus asiente, sale, mira a Adrián ya desde fuera del despacho.

—Sí, cierra, Gus, por favor.

Adrián se queda solo en su oficina, apoya las palmas de las manos sobre el cristal de la mesa. Nota algo raro en una parte de la superficie del vidrio. Respira profundamente antes de levantar su mano derecha y girar la palma hacia él. Extrañado, se frota la yema de los dedos con la mano izquierda. Las mira. Las huele. Percibe un líquido transparente, algo más denso que el agua. Mira la mesa buscando restos del líquido. No ve nada. Se queda mirando sus dedos. No comprende que estén algo mojados. Le inquieta no saber discernir mojados de qué.

Adrián mira la tele sin poner demasiada atención, con el volumen bajísimo. Tiene en la mano un chupito de tequila marca Rocado —le fascina la forma arriñonada de la botella—, que su mujer le regalara por su último cumpleaños. Eva está sentada en un sillón que casi nunca usa, en una esquina del salón, enfrentado al sofá, en el extremo más distante de Adrián. Para ser justos y no insinuar tendenciosamente, hay que decir que fue ella quien se sentó antes: su marido podría haber elegido sentarse en el sillón contiguo. Lo cierto es que siempre comparten sofá, pero hoy no.

Como si hubiera estado esperando este momento para interpretar acciones que fueran apreciadas por su marido, no es hasta que él toma asiento que se pone unas gafas de leer y coge un libro del suelo, estratégicamente ubicado allí, al alcance de su mano a poco que estira su largo brazo. Abre el libro y comienza a leerlo por la primera página que el azar le ofrece. Adrián la observa de reojo, mientras el reflejo proveniente del televisor ilumina su rostro y la voz del hombre del tiempo dice algo acerca de lluvias, nubes y lanza infantiles recomendaciones acerca de cómo no mojarnos si salimos a la calle.

Eva está leyendo a Dante Alighieri en su idioma original. Adrián tiene que volver a mirar —poniendo en riesgo su disimulo— para cerciorarse de que, efectivamente, Eva está leyendo a Dante Alighieri en su idioma original. Extrañado, Rawson sonríe levemente. La escena le resulta inédita: no es la primera vez que ella lee a Dante, pero jamás lo había hecho en italiano. Da un traguito a su tequila. «Bebes tequila como una señorita», recuerda que una vez, risueña, le dijo Eva.

—¿Desde cuándo? —pregunta Rawson.

Eva suspira suavemente. Cierra el libro como imponiéndose calma. Se quita las gafas y mira a Adrián con gesto de interrogación, sabedora de que no hace falta preguntar a viva voz.

—¿Dante?

Ella mira la portada.

—Sí.

—¿Y en italiano? —abunda él.

—No sólo Dante. También Bocaccio, Pirandello...

Deja flotando los puntos suspensivos en dirección a su marido. Retoma la lectura sin esperar respuesta de Adrián, aunque, ahora, ya no sabe qué esperar de él: quizá hable, quizá sólo asienta con su media sonrisa ambivalente —a veces la adora, a veces la aborrece—.

Él asiente sonríe sin decir palabra, algo sorprendido —y molesto— por el modo un poco áspero que ha usado su mujer al responderle. Si bien se jacta de conocer de antemano las reacciones que tendrá, cuando, efectivamente, ella reacciona de la manera esperada, Adrián siente una puntada de desasosiego: Con Eva no siempre le gusta acertar.

Vuelve a mirar al frente, al televisor.

Después de unos pocos segundos, y tras haber abierto el libro por otra página —y no haber leído ni una sola línea— ella suspira, cierra el libro con más brusquedad esta vez y se pone de pie sin mirarlo.

—Me voy a la cama, amor.

—¿Te conté alguna vez la historia del Palacio Barolo? —pregunta Adrián.

—¿Barolo?

Él la mira y asiente emitiendo un ligero gemido intraducible.

—Siéntate —pide señalando el sillón del que acaba de levantarse.

—No. Creo que puedo soportar de pie la versión corta —responde Eva con una sonrisa caricaturescamente amable.

—Déjalo. Vete a la cama. Pregúntale a tu Inteligencia Artificial, si te interesa. Palacio Barolo —comienza a enumerar—. Buenos Aires. Avenida 25 de mayo, no, de mayo, Avenida de mayo. Mario Palanti, arquitecto Mario Palanti. Dante. Divina comedia. Círculos del infierno. Búscalo, si quieres.

—No te prometo nada —dice ella dándole la espalda.

Libro en mano, pone rumbo a la planta de arriba.

Él, cuando está seguro de no ser visto, la sigue con la mirada. Serio. Defraudado por el fracaso. Dice para sus adentros que no quería que esto acabara así. Y se contradice pensando que, quizá, quería que el final de esta escena fuera exactamente este. Promediando la escalera, Eva se vuelve hacia él:

—¿Subes?

Rawson asiente.

Eva desaparece. Sin apartar la vista de las escaleras, Adrián acaba su tequila de un trago y apaga la tele. Le parece increíble que el hombre del tiempo aún siga ahí, recomendándonos no salir a la calle sin paraguas.

Adrián, con su vasito de agua de todas las noches, entra en el dormitorio. Eva, sentada en la cama y respaldada contra el cabecero, continúa con su lectura. En su mesilla de noche hay apilados varios libros de autores clásicos italianos. Efectivamente, además de Alighieri, en la habitación también están Bocaccio y Pirandello. Con los títulos en italiano. Él se pregunta de dónde han salido esos libros. No estaban en su biblioteca. Nunca los ha visto en la casa. Eva disimula mal el fastidio que le produce la irrupción de su marido en la habitación apenas cinco minutos después de haberse metido en la cama y retomado la lectura de *La Divina Comedia*. Lo mira a la espera de que este abra la boca.

—¿Me he perdido algo? —pregunta él.

—¿Y yo?

—¿Tú qué?

—Que yo tampoco entiendo.

—¿Qué no entiendes?

—¿Esto?

—A lo mejor no lo entiendes porque está en italiano.

—¿Qué te he hecho? ¿Por qué crees que merezco que me uses para ejercer ese humor de mierda?

—Ahora soy yo el que no entiende.

—Este diálogo, ¿no te parece que…?

—Espera, espera —interrumpe sonriente—. No sé de qué coño estamos hablando.

—No digas *coño*.

—Acabas de decir *mierda*.

—No vas a comparar.

—¿Qué *coño* te pasa, Eva? —pregunta con sincera preocupación.

Eva, seria, niega brevemente con la cabeza. Adrián se sienta en la cama a su lado. Se acerca a ella hasta casi chocar sus narices. Su mujer se yergue un poco, alejándose de su esposo y chocando levemente la nuca contra el cabecero de madera, herencia de Rawson padre.

—Si no te gustó la taza—aniversario, podemos cambiarla— rubricando el comentario arriesgadamente risueño con una sonrisa.

Ella no acusa la gracia. Permanece seria. Adrián borra su sonrisa. Se acerca aún más, amorosa y calmadamente.

—Percibo un, digamos, distanciamiento, Amor. Si crees que hay una palabra mejor para definir este… distanciamiento, dímela.

Eva niega con una media sonrisa.

—Cuéntame lo que quieras —retoma—. Te quiero. Te adoro. Todo lo podemos arreglar. Todo lo podemos hablar. Como siempre. No hay nada que…

Ella apoya su cabeza sobre el hombro de Adrián, quien, por un momento, en el trayecto de la cabeza de ella hacia su hombro, creyó que sus bocas se unirían. Detiene por un instante su discurso. Las manos de Eva permanecen atenazando el libro de Dante. La mano izquierda de él, apoyada sobre el colchón, la derecha sostiene el vaso que a su vez apoya sobre su muslo derecho. Como si se hubieran propuesto tocarse con cualquier parte del cuerpo menos con sus manos, componen una figura algo forzada.

—Vaya chapa te estoy metiendo, ¿eh? Pero está funcionado, ¿no?

Eva sonríe.

—Ligeramente —dice encogiéndose de hombros al tiempo que separa su cabeza del cuerpo de Rawson—. No pasa nada. No sé, no es nada en concreto.

—*Nada en concreto* suena a *mucho en general.*

—Perdona si he estado algo brusca. No tengo ningún motivo para comportarme así contigo. Sólo que...

—Estás cansada—completa Adrián.

Eva asiente al tiempo que, ahora sí, suelta el libro sobre su regazo y acaricia las mejillas de Adrián.

—El día ha sido largo.

—Lo sé —admite Rawson—. Mañana preparo yo la cena. Aunque te toque a ti.

Eva contempla la cara de su marido. Le da un corto beso en la boca. Deja caer el libro al suelo por el costado de la cama. Un nuevo gesto que sorprende a Adrián: ella jamás ha hecho semejante cosa. Rawson le da un beso mucho más intenso que el que ha recibido, acomodándose sobre la cama, con clara intención de acrecentar la sucesión e intensidad de los besuqueos. Eva lo detiene apoyando la mano sobre su pecho.

—Acuérdate de la pastilla.

Él fuerza una sonrisilla. Ha captado el evidente mensaje. Asiente. Cree que lo mejor es no decir nada más. Se pone en pie, rodea la cama hasta llegar a su sitio. Enciende la luz de su lámpara. Deja el vaso sobre la mesilla. Coge el bote de sus somníferos. Eva apaga la luz de su mesa de noche. Adrián coge un comprimido, lo deja caer sobre la palma de la otra mano. Lo mira con extrema atención. Mira su vaso. Eva, con los ojos abiertos, espera oír a su marido bebiendo el agua que ayuda a que cada noche se trague la pastilla. Él coge otro somnífero. Mira los dos un instante antes de ingerirlos.

Adrián despierta lentamente. La luz que se cuela por la ventana no le parece la de las siete de la mañana de un jueves de marzo, sino la de la hora de alguien que, por primera vez en años, se ha quedado dormido. Nunca pone el despertador. Nunca se despierta después de las siete. Hasta hoy. Abre los ojos, como forzándose a no sucumbir nuevamente al sueño. Debería saltar de la cama, pero el cuerpo le pesa una tonelada más de lo habitual. Estira su mano en dirección a Eva. Toca la sábana. Ella no está. Adrián comienza a levantarse. Tardará unos diez minutos en meterse en el baño.

Rawson, en calzoncillo y camiseta, baja hacia la cocina. Desde la escalera ve restos del desayuno en solitario de Eva. El reloj de la cocina marca las ocho y treinta y cinco de la mañana. Seguramente ya lo han llamado desde el museo —nunca llegó más tarde de las ocho y media—, pero el teléfono, como siempre desde que se va a dormir hasta que despierta, permanece apagado.

Una taza sucia en el fregadero. Miguitas de pan en la encimera. La jarra transparente, casi llena de agua fría —ya no tan fría— sobre la mesa. Las gotas de condensación han chorreado por el cristal y el charquito alrededor de la jarra es notable. Se acerca a ella. Se la queda mirando fijamente. Da un paso hacia atrás y se apoya en la encimera. Acerca el dedo índice de su mano derecha al líquido, lentamente, como si supiera que, si toca el agua, despertará a una criatura que reaccionará defendiéndose ante el ataque. Retrae su dedo, su mano. Rodea la mesa sin darle la espalda a la jarra y abandona la cocina.

Rawson, una hora y media más tarde de lo habitual, ya dio fugaces explicaciones —mintió— a los empleados del museo que preguntaron por el contratiempo que ha sufrido, está en su escritorio, sin duchar, sin afeitar, desaliñado. Mira hacia una de las pantallas de vigilancia que reproducen imágenes de las diferentes estancias del palacio en su ordenador. En uno de los recuadros —cámara seis— ve a un grupo de trabajadores charlando risueños en uno de los pasillos del sótano. Entre ellos está Luis —recuerda entonces que se reincorporaba hoy—. Son cuatro o cinco —manotea en los bolsillos de su chaqueta, pero ha olvidado las gafas en casa— riendo con ferocidad ante un zafio gesto masculino puesto en escena por Fabrizio. La mímica alude claramente al acto sexual, típico de una anécdota o un chiste subido de tono. El nuevo repite la parodia, quizá con más énfasis. Su auditorio celebra bárbaramente la actuación. Las imágenes carecen de sonido, sin embargo, Rawson puede oír claramente una especie de cónclave de chirridos, zumbidos y grititos sobrehumanos, como provenientes de una película del terror más efectista.

La gente mata por razones sólidas

Adrián ha decidido subir los cuatro pisos por escalera. Podría haber usado el ascensor, pero este tardaba en llegar y, cuando finalmente llegó a la planta baja, hizo un ruido extraño que le generó una inusitada desconfianza: no recuerda haberse quedado alguna vez encerrado en un ascensor, sin embargo, comienza a subir los escalones imbuido por nuevas extrañezas a cada paso. Por fuera, el edificio de la calle Mayor en el que acababa de entrar es majestuoso, elegante, bien cuidado, aquí dentro es oscuro, decadente y huele a humedad. Hay oficinas sin carteles que indiquen a qué empresa corresponden mezclados con pisos que, al parecer, son habitados por particulares. Particulares sombríos, elucubra Adrián, no puede ser de otro modo si viven allí. Por lo pronto, del vecino del primer piso que acaba de salir de su casa con un carro de la compra —algo chepudo, con pocos cabellos brillantes adheridos a la cabeza y vestido con gabardina matizada de antiguos manchurrones—, también concluye, como del interior del edificio, que es rancio. Las escaleras, como el propio Rawson, no están en buena forma. Casi todos los escalones están medio partidos en algún sitio, a muchos les faltan trozos y absolutamente todos están desgastados hacia el centro.

Cuando llega al tercer piso, después de haber visto dos pequeñas cucarachas muertas durante su escalada, se decepciona ligeramente: creía que, finalmente, había arribado al cuarto piso. Camina lentamente hacia el último tramo de escalera intentando *cambiar el aire*, como hacen los boxeadores. Es una expresión que él suele pensar y lo hace a sabiendas de que la expresión no se refiere a renovar el aire para recuperar el aliento —que es lo que necesitaría ahora mismo—, sino a un cambio de estrategia —cuando un boxeador varía su posición en el ring, o su ángulo de ataque para sorprender a su rival—. Su rival, en este caso, es su propia condición física, la grasa acumulada en su tripa, la falta de ejercicio y también el calor que ha generado por haber rechazado el ascensor: afuera es marzo y el clima es frío, pero aquí dentro parece ser un día de un cálido diciembre. Se quita la chaqueta y sigue subiendo.

Se planta frente a la puerta de madera, que tiene un cristal opaco rectangular donde puede leerse, en negra tipografía Garamond:

GUAGLIANONE
Agencia de detectives

La mariposa vuela sin alas

—Yo nunca…

Rawson se detiene antes de acabar su frase. En su cara se aprecia confusión.

—¿Quieres parar? —sugiere Miguel.

—No, no, simplemente, llevamos bastante tiempo hablando.

Adrián mira el reloj colgado de la pared.

—Nos queda una hora —interviene Roberto—. Justo una hora. Hay tiempo, Rawson, pero si prefieres…

Adrián mira incisivamente a Miguel.

—¿Has oído hablar de la microzoopsia? —interrumpe.

—¿Cómo? —preguntan hijo y padre.

—¿El síndrome de Magnan? —inquiere dirigiéndose ahora a Roberto, que abre mucho los ojos.

—Algo he oído… —responde burlón.

Adrián arquea una ceja mientras dibuja una ligera sonrisa. Se reacomoda en la silla.

—Simplificándolo mucho —mientras se frota suavemente el brazo izquierdo—, se trata de una psicopatología reconocida como casi específica de las psicosis cocaínicas.

—¿De los adictos a la cocaína? —pregunta Miguel al tiempo que escribe.

—Bueno, supongo que no hace falta ser adicto, simplemente nuestro cerebro es vulnerable y nuestras células nerviosas no están diseñadas para aceptar alegremente los psicoactivos. No sé demasiado sobre el tema. En cualquier caso, el síndrome de Magnan tiene que ver con alucinaciones visuales en forma de animales muy pequeñitos...

—¿Delirium tremens? —Roberto.

—Algo así, pero, en este caso no son monstruitos, sino insectos, en su mayoría.

—Bichos —afirma Roberto, quizá redundando.

—Y puedes llegar a verlos y a sentirlos tan reales como ese cuaderno tuyo.

Roberto apunta en su libreta, alternando la mirada entre Adrián y sus erráticos y veloces trazos sobre el papel. Sin detener la escritura, con un leve gesto lo insta a continuar.

—Y bueno, al tener la sensación táctil de que estos insectos se están paseando por tu piel, por encima pero también por debajo de tu piel, la única solución que tiene nuestro cerebro a esta desquiciante situación es dictar la orden de rascarnos hasta arrancarnos la piel a tiras.

—Qué imagen tan bonita —dice Roberto mirando la página. Levanta la vista—. De verdad que me parece una información muy interesante, pero, sin ánimo de ofender, ¿a dónde quieres llegar con todo esto? ¿Eras cocainómano?

—Qué va: nunca he probado la cocaína. Sólo quiero decir que, si tuviese un cuadro clínico de este tipo, evitaría a toda costa comprarme un rallador de quesos.

Adrián dibuja una extraña sonrisa seguida de una desmedida carcajada, bastante disonante para con el resto de la personalidad evidenciada hasta ese momento en la entrevista. Los guardias que están fuera ni se inmutan, y eso hace pensar que quizá han oído antes esa risotada.

Ambos entrevistadores pasan del desconcierto a validar la gracia sonriendo, pero se ciñen a su profesionalidad y continúan apuntando en la libreta, aunque ninguno de ellos consigue redondear el sentido de la frase que acaban de escuchar. Miguel termina por escribir tres puntos suspensivos tras la frase inconclusa y baja al renglón siguiente. Roberto tacha una frase a medio hacer. Adrián parece captar el traspiés de sus interrogadores.

—A ver, lo que realmente encuentro fascinante no tiene nada que ver con rascarse de manera compulsiva. Tiene que ver con el tipo de insectos. Veréis, me sorprende la percepción que tenemos de las cosas, los prejuicios que arrastramos de manera congénita como sociedad, como una especie de *unimente*, puesto que es evidente que hay un consenso generalizado en que, por ejemplo, las malformaciones genéticas son desagradables y los perros adorables. ¿No?

—Las arañas dan miedo y las mariposas nos reconfortan —dice Miguel.

—Y es que, en el caso de este específico delirio, los casos tratados en pacientes sólo corresponden a insectos que nos producen animadversión de manera natural, como garrapatas, lombrices, cucarachas o arañas.

—La araña es un artrópodo, no un insecto —interviene Roberto con una sonrisa que parece pedir disculpas.

—La garrapata también.

—Ah —atina a balbucear el escritor.

—Quita araña y garrapata y pon... chinche.

Roberto asiente en silencio y sin mirarlo, algo avergonzado por interrumpir con una matización que se podría haber ahorrado.

—Créeme que si no tememos a una mariposa es porque nunca hemos visto una de cerca —concluye Adrián.

Miguel deja de escribir. Asiente, como si hubiera caído en la cuenta de lo que Adrián quiere decirle. Le apunta levemente con su bolígrafo.

—¿Eva? —pregunta temiendo haber errado el tiro.

—Veo que alguien está prestando atención —afirma Rawson sonriente.

—Esta libreta no es atrezo y recuerdo haber apuntado lo de tu primer encuentro con ella —aclara Miguel ligeramente risueño.

—Nada es lo que parece —dice el científico asintiendo—. Los perros propagan enfermedades como la rabia, y la gente deforme solo quiere encajar.

Rawson se rasca la frente y se acomoda el pelo antes de proseguir.

—Yo nunca habría hecho algo así. A día de hoy no sé si hice bien entrando en la oficina de Guaglianone. Por cierto, ha venido un par de veces a visitarme.

—Sí, me lo dijo cuando la entrevisté. Una mujer muy particular —dice Roberto.

Adrián asiente, pero no es de la detective de quien quiere hablar.

—Cuando todo ha pasado uno puede pensar con la mente fría. Puede evaluar los supuestos. Jugar a cómo habría terminado todo si hubiese tomado otras decisiones. La gente, mi gente, los del museo, me suelen preguntar, bueno, ya no, solían preguntarme: «¿Por qué no intentaste hablar con ella primero? Antes de que la situación se desbocase. Civilizadamente». Chorradas. Es tan fácil navegar cuando la tormenta ha amainado...

—Y ahora, ¿cuál crees que fue la razón por la que no hablaste con ella en un principio? —pregunta Miguel.

Adrián mira seriamente al joven. Baja la mirada.

—Supongo que temía que fuese capaz de mentirme o de ocultarme la verdad de lo que estaba pasando. Una parte de mí no quería creer nada.

Miguel asiente enfáticamente, con expresión de sutil empatía.

—Los celos, ya sabes —completa Rawson.

Mientras Roberto coge su botellita del suelo y bebe, el preso suspira lentamente: Inhala por la nariz y, como si estuviese ejemplificando la manera correcta de exhalar por la boca, suelta una prolongada bocanada.

—En el fondo siempre se encuentran arrestos para mentirse a uno mismo, y para inventarse insectos molestos con los que compartir la locura —dice Rawson sin mirar a nadie ni a nada.

Roberto bebe hasta acabarse el agua. Miguel asiente levemente sin apuntar nada en el cuaderno.

Adrián coge la botellita sin abrir que tiene en el suelo, junto a su silla y la hace rodar por la mesa en dirección a Roberto.

—Gracias —dice al tiempo que detiene la botella.

La gente mata por razones sólidas 2

Guaglianone escrito en el cristal de la puerta. Adrián, al encontrarse nuevamente con ese apellido, vuelve a pensar lo mismo que cuando vio por primera vez en Google el nombre de la agencia, y en las inexplicables razones que le han hecho decidirse por venir hasta aquí, en vez de haber escogido otra opción: «Putos italianos».

Mira hacia un costado y al final del pasillo ve un antiguo coche de bebé, un modelo de los años sesenta tan sucio y desvencijado que parece un atrezo teatral. Podría ser su propio cochecito, en el que su infortunada madre lo paseó de bebé. No desentonaría en el sótano, en un rincón del viejo despacho de su padre.

Adrián se pone nuevamente la chaqueta y se dispone a llamar al timbre, que no presenta un aspecto muy fiable: la tapa no está bien fijada a la pared y asoman un par de cables. Golpea el cristal con los nudillos.

Una voz femenina proveniente del interior le indica que la puerta está abierta. Entra.

—Señor Rawson, ¿verdad?

Adrián asiente.

—Ayer habló conmigo. Guaglianone lo atenderá en un momento. Puede tomar asiento.

—Espero de pie. Gracias.

El lugar necesita una mano de pintura, ser aireado con más frecuencia y una renovación del ecléctico mobiliario que parece haber cumplido su vida útil hace ya un par de décadas. Sin embargo, esos datos no le sirven a Adrián para sacar una conclusión del tipo de detective que decoraría de ese modo su oficina.

Cuando, apenas tres minutos después de su llegada, se encuentra frente a Guaglianone, cada uno a un lado del escritorio, siguen sin resolverse las dudas para encuadrar dentro de alguna corriente estilística al lugar y a la mujer que lo regenta. La detective, que viste con camisa hawaiana y chupa de cuero, no parece ni el arquetípico detective popularizado por las novelas y el cine negro de los años '40, ni el trajeado oficinista de pelo corto y repeinado que puede recibirte, supone, en una agencia más *actual*. Lo mismo puede decirse del despacho: depende dónde mires puedes pensar en el entorno de una novela de Dashiell Hammett —hay un sombrero borsalino de color gris oscuro colgado de un viejo perchero vienés—, o en la consulta de un dentista —hay una reproducción desvaída de una pintura de Rothko—.

Claro que la sorpresa mayor de Rawson es que *el* detective sea una mujer. Unos cuarenta y cinco años, calcula, y como sabe que siempre se queda corto, le suma tres años más. Tiene el pelo castaño, algo alborotado. Ojos de un color que no alcanza a definir en un rostro delgado y apenas maquillado. En esto de las pinturas, Rawson tampoco resulta demasiado fiable, pero la palidez de Guaglianone es notable. Del cuerpo, a causa de la ropa, la postura algo encorvada y la gran parte de este que permanece oculta tras el escritorio, no está en condiciones de hacer valoración alguna.

—¿Le importa? —pregunta Guaglianone cogiendo un paquete de tabaco de encima del desordenado escritorio.

—No —responde Rawson secamente.

—Llevo fumando desde los catorce, y tengo cincuenta y cinco... —dice antes de encender el cigarrillo.

—Como yo —algo sorprendido por el número que acaba de oír.

—¿También empezó a los catorce?

—Tengo cincuenta y cinco.

La investigadora da una larga calada al tiempo que asiente.

—Ha subido por las escaleras, ¿verdad?

Adrián afirma con la cabeza.

—¿Qué lo trae por aquí, señor Rawson?

Deseoso de comunicar cuanto antes el motivo de su visita, Adrián descuida algo la construcción de la frase.

—Es increíble que yo piense esto, que yo diga esto, pero… Creo que se está viendo con otro. Mi mujer, Eva, se está viendo con otro.

—No es tan increíble, siempre hay algo que la gente, bueno, se guarda para sí misma, secretos, pensamientos furtivos que sabemos que no cuentan con la aprobación mayoritaria de nuestros semejantes…

Adrián no puede evitar poner un gesto de disgusto. No esperaba una respuesta tan redicha.

—… y algunos pensamientos —continúa Guaglianone—, sólo algunos, se convierten en hechos, y aunque ahora lo vea todo un poco negro, enfrentarse a la verdad muchas veces es lo mejor, es la forma que tiene el universo de ponerlo todo, pensamientos y hechos, en su sitio. Aunque ese sitio sea nuevo y, al principio, un poco incómodo.

Rawson se queda mirando con extrañeza a la detective, como si no hubiera sido capaz de comprender todas sus palabras y estuviera rellenando los huecos.

—Creo que se está viendo con el italiano, mi… *nuestro* nuevo empleado.

—Necesitaré algunas fotos de su mujer, horarios de entrada, salidas, rutinas, en fin, todas esas movidas.

«¿Movidas?», piensa Adrián, dudando de cuán adecuada ha sido la decisión de venir a ver a esta tipa.

—Las tendrá —asegura en un tono que no refleja lo que pasa por su cabeza.

—Y tranquilo, no prejuzgue nada.

—No prejuzgo, por eso estoy aquí.

Guaglianone se inclina abruptamente sobre su escritorio, acercándose a Adrián y mirándolo intensamente, tanto que consigue desligarse del entorno —la camisa colorida, el desconchón en el reposacabezas de su silla giratoria, el aroma a ambientador de pino— y centrarse en su rostro, que le parece el de una persona perspicaz, con oficio, confiable.

—Mire, Rawson —dice expulsando algo de humo por la boca, con un tono de voz que parece desplegar una alfombra por la que pueda deslizarse elegantemente una sentencia histórica—, le voy a decir una cosa: A veces las apariencias engañan… Pero otras veces, no engañan.

Guaglianone vuelve a respaldarse en su silla giratoria. Adrián la mira intentando desentrañar si acaba de escuchar una genialidad o una estupidez.

Avisa a Gus de que no sabe sobre qué hora volverá al museo, quizá, ni siquiera vuelva hasta mañana.

—Claro, tómate la tarde libre, Adrián —le dice a su jefe desde el otro lado del teléfono.

Libre es lo último que se siente, especula Adrián: está en manos de sus pensamientos. El clima no acompaña, pero, a pesar de la lluvia con que amenaza el cielo de Madrid, Rawson salió del edificio de Guaglianone seguro de que no podía hacer más que dar vueltas por la ciudad. El taxi de regreso al mueso o a casa, deberá esperar. Repentinamente, se ha vuelto un tipo sin urgencias, como un preso resignado a su condena. Quizá, esta decisión sea la única que no se cuestiona de todas cuantas se le enmarañan en la cabeza. La confusa impresión que le ha dado la visita a la detective le hace replantearse su cuestionable toma de decisiones. Dilemas que merecen su momento —su tarde— de total dedicación y atención. Adrián detiene el paso por completo enumerando los hechos, los pros y contras, y a saber qué más que no alcanza a identificar con claridad y, todo ello, mientras no deja de andar, gesticulando ligeramente con las manos, frunciendo el ceño, negando cada tanto. Después de media hora de caminata —no se ha alejado tanto del edificio de la calle Mayor—, las operaciones emocionales que se están computando en su cabeza, siguen sin cuadrar. Continúa sin pensar con clarividencia. Tampoco es que esperara otra cosa. Adrián reanuda el paso con recelo, más lento, como si temiera perderse.

Llega a Sol, o vuelve a llegar, porque ha repetido varias veces diferentes puntos desde que comenzara su divagar, y dobla por la calle Montera. Ahora parece levantar la vista por primera vez, como si mirando el paisaje le diera un respiro a su cabeza. Repara en el rubor adolescente que, supone, le enciende las mejillas —como cuando sube escaleras— al toparse de manera consecutiva con diversas prostitutas. Sin embargo, evita observarlas —aunque disimula mal y alguna de ellas percibe esa intención— y en sus pensamientos se dice que no lo hace por vergüenza, sino por temor a destapar un géiser de nuevas emociones, de nuevos sentimientos, alejados de la *rectitud* que marca su vida desde hace tantos años. Probablemente, desde que su padre se propusiera hacer de él un Rawson Junior. O, quizá, desde que su madre —y su muerte temprana— no pudiera ayudar a hacer de él alguien diferente del que es.

Adrián, ahora que parece estar atravesando un campo irreal de meretrices —en realidad sólo son cuatro o cinco— piensa que la gente que cree conocerlo se sorprendería al saber que tiene un tipo de prohibiciones cuasi religiosas, que obedece a su pesar, negando cualquier pensamiento que no encaje con la forma que tiene de percibirse. En eso se reconoce muy parecido a la gran mayoría de mortales. La diferencia —piensa entre la multitud de *mujeres de la vida* de las que se escabulle evitando cualquier contacto— está en cómo se le enmarañan las ideas cuando quiere clarificarse; los fantasmas que se le aparecen; los recuerdos que se mezclan sin orden. ¿Por qué ahora no puede evitar pensar en sus cadáveres, sus preciadas adquisiciones, estandartes de su éxito comercial y mezclarlos enfermizamente con estas mujeres de la calle Montera?

A menudo Rawson observa su colección enfocando algún detalle, incidiendo en algún rincón concreto de alguna de las salas. Hoy, por ejemplo, antes de dejar el museo en dirección al despacho del detective, observó al bebé bicéfalo —herencia del viejo museo de papá— con máxima atención durante una media hora. Pero esto, pese a ser el dueño del museo, suele hacerlo como un placer culpable, un placer que va más allá de la fascinación científica. Cuando su museo está a rebosar evita mirar sus atracciones fijamente, por miedo a que su atracción por los elementos mórbidos de la instalación le sea revelada a los visitantes y atente contra su prestigio y el de su colección. No sería profesional y no sería digno de Rawson. De ninguno de los dos Rawson. Siempre espera a que el museo cierre —o aún no haya abierto— para devolverles la mirada a los ojos sin vida de cualquiera de los residentes del lugar.

A pesar del envoltorio comercial tan impactante y rompedor, los visitantes siempre se atienen al hecho de que, por muy desagradable que se ponga la cosa conforme se van adentrando en el museo, por muchas cosas más o menos repugnantes que puedan llegar a ver, siempre será percibido, para su tranquilidad, bajo la óptica cultural y educacional. Y que estos ideales están salvaguardados a ultranza por Rawson, protegiendo la frágil condición humana de la que eres consciente una vez visitas el museo. Adrián, siempre, y ahora, en pleno arremolinamiento de pensamientos, se ve como el azafato de su propio avión. Si los viajeros saben que el azafato tiene miedo de que el avión se estrelle, entran en pánico.

Mientras rumia esta excéntrica analogía que destaca entre tantos fluidos circulando por su cabeza, se asquea ligeramente de sí mismo, no por comparar a las prostitutas con unos cadáveres mutilados, sino por saberse más permisivo con la aceptación de las emociones hacia sus queridos cuerpos conservados en su formol que con las prostitutas, a las que ni siquiera fue capaz de mirar a los ojos por miedo a traicionar a alguien.

Adrián sentado a la mesa de la cocina, acodado, con la cara metida entre sus manos. Lleva tiempo esperando, tanto que hace rato que ya no se preocupa por llevar la cuenta de los minutos, las medias horas, las horas que han pasado. En un extremo de la mesa hay una pequeña vela prácticamente consumida, pero aún con su tembloroso pábilo. La botella de Ribera crianza también a punto de acabarse. Dos platos: el que está a su lado, en el sitio que siempre ocupa Eva, lleno de una sopa que ya no huele, y el suyo, casi vacío, a excepción de los restos que cabrían en dos o tres cucharadas. Rawson parece despertar al oír un ruido que tarda en reconocer. Enseguida sabe que se trata del sonido de las llaves de Eva entrechocando contra el llavero de madera con el logotipo del museo. La llave entra, gira, la puerta se abre con un antiguo chirrido que nunca se mitigó con lubricante para bisagras. Adrián, entumecido, separa las palmas de las manos de su cabeza, gira el cuello para mirar el pequeño reloj hortera —cada número es un pájaro diferente— colgado en la pared que tiene a su derecha. Es la una menos veinte de la madrugada.

Repica su taconeo en el parqué, acercándose. Eva entra en la cocina, se detiene al otro lado de la mesa. Parece no querer ser la primera en hablar, pero enseguida comprueba que su marido tampoco inaugurará la conversación.

—Perdona, amor —dice con gesto compungido, dejando las llaves y el bolso sobre la mesa.

Adrián mira a Eva medio encorvado aún sobre su plato de sopa.

—No te pude llamar porque...

Él coge su cuchara.

—...bueno, ya has visto hoy por la mañana la cantidad de cosas que tenía que hacer. Y cuantas más cosas y más prisa tienes todo se... —Eva se interrumpe brevemente.

Adrián inclina el plato ayudándose así para llenar la cuchara con el frío líquido.

—No pensaba que fuera a demorarme tanto —retoma, extrañada—. Primero fui a ver a la gente esta de la red digital de museos, los que, bueno, ya sabes...

Rawson extiende hacia un costado su brazo derecho, separando todo cuanto puede la cuchara con los restos de sopa que sostiene en la mano. Se maldice por pensar que luego llamará a los de la red digital de museos para averiguar si es verdad que Eva estuvo allí. Se siente el peor hombre del mundo, pero compensa ese pensamiento advirtiéndose que debe postergar ese juicio tan radical de su propia persona hasta que no certifique que su esposa se ha convertido en la peor mujer del mundo. Al mismo tiempo, siente un placer malsano, un sentimiento desconocido para él, disfruta del momento, y del adelanto del instante siguiente que ya está ejecutando en su cabeza.

Extrañada por la postura que él ha adoptado —sentado, inexpresivo, con un brazo estirado hacia un costado, en su mano una cuchara con sopa que, quizá, a juzgar por el tembloroso pulso de Adrián, no tarde en gotear hasta el suelo—, esperando a ver en qué se convierte esta especie de lenta performance, y rogando que finalmente se trate de una de sus imprevistas gracietas, Eva no detiene su discurso.

—...Después... quería cerrar hoy lo de la numeración de las butacas del minicine, las famosas cincuenta chapitas, me pasé por lo de...

Rawson, muy lentamente, comienza a articular la muñeca y vierte la cucharada de sopa sobre el suelo de la cocina.

Eva deja de hablar, y el ruido del brebaje chocando con el suelo parece el producido por una pequeña cascada. Observa la escena suplicando ser comprendida. Está triste y furiosa.

Adrián deja la cuchara en su plato. Se levanta de la mesa, pasa delante de Eva, que no intenta detenerlo, y se dirige a las escaleras que conducen al dormitorio.

Desde el salón, sin levantar la voz, Rawson dice la última frase:

—En el horno hay lubina.

Ella se gira y lo sigue con la mirada sin saber si decirle «Gracias», o «Eres un hijo de puta». Lo ve subir por las escaleras hasta desaparecer en el piso de arriba. Un instante después, se oye un portazo que la sobresalta.

Eva permanece inmóvil, respirando profundamente, conteniendo sus ganas de gritar.

Contraindicación: este somnífero puede despertar el alma

Adrián sentado en su escritorio del museo. Mira fijamente la puerta. Parece presentir que alguien está a punto de llamar o, quizá, de entrar sin previo aviso —algo que no le importaría en absoluto. Desea que, de una vez, sin más demora ya, quien él ya sabe, golpee o entre.

Alguien llama a la puerta y, automáticamente, sin esperar permiso alguno, la abre. Es Fabrizio.

—¿Querías verme, Adrián?

—Sí, claro —responde, aun sabiendo que no le había pedido que viniera y que, aunque presagiaba desde hacía minutos que llegaría, no deseaba en absoluto verle la cara esta mañana.

Fabrizio se acerca y, sin esperar que él lo invite a hacerlo, se sienta frente a Adrián.

—Llegó el nuevo envío —dice Adrián.

—¿El envío?

—Sí, el envío. ¿Podrías quedarte un rato más por la tarde para ayudar a descargar?

—Claro, no hay problema.

Adrián se queda mirando fijamente el rostro de Fabrizio, quien, luego de un instante, se pasa el dorso de su dedo índice por los labios, como intentando limpiarse.

—No, tranquilo.

—¿Qué? —pregunta Fabrizio, confuso.

—No te ha dejado restos de carmín.

—Gracias —dice muy serio.

—De nada.

—¿Algo más?

Rawson, repentinamente sudoroso, con la mandíbula apretada y las venas marcadas en la frente, se centra en partes concretas de la cara de Fabrizio, como si estuviera grabando sucesivos planos detalle: la boca, la nuez, las arrugas que se le forman en su ojo derecho al achinarlo rítmicamente a consecuencia de su leve tic.

Fabrizio está a punto de levantarse, pero duda.

—¿Estás bien, Adrián?

—Sí, perdona —como volviendo en sí—. Ese tic —dice señalando apenas en dirección a la cara de Fabrizio—. Ese tic que tienes en el ojo.

Fabrizio sonríe.

—Es genético. Mi abuelo también lo tenía.

Rawson, serio, asiente durante dos segundos para, inmediatamente, golpear a Fabrizio con la taza promocional del museo llena de lápices que tiene sobre la mesa. La taza se rompe en pedazos, los lápices salen disparados en distintas direcciones. El italiano queda postrado en el suelo presionando su oído dañado. Con una repentina ira homicida que parece volverlo extraordinariamente atlético, Rawson salta por encima del escritorio, sobrevolándolo fantásticamente. Con fuerza igualmente inconcebible coge a Fabrizio de la cara, con ambas manos para, seguidamente, introducir lentamente sus pulgares en las cuencas de los ojos de su empleado.

—¡Aaahhh! —grita el joven en su repentina y dolorosísima oscuridad.

Adrián, en su cama, abre los ojos sin sobresaltarse. No ha sido una pesadilla. Ni siquiera es consciente de haberse quedado dormido. Sonríe. Acaba de tener una vívida alucinación o fantasía o... No sabe cómo llamarla. No es la primera vez que le pasa. En sitios, momentos y estados diferentes. Pero nunca había llegado a verse ejerciendo una violencia tan desmedida, piensa en ello mientras se mira los pulgares.

Tarda unos segundos en reparar en Eva, tumbada a su lado. Lleva la misma ropa con la que anoche llegó de la calle. Adrián no sabe cuánto tiempo ha pasado desde que la viera por última vez en la cocina. Comienza a reconstruir rápidamente los hechos pasados desde que ella finalmente llegara. Ya lo ha recordado todo cuando su mujer gira levemente y lo besa en un lateral de la frente.

—Lo siento —dice ella—, siento que no me creas.

Adrián, serio, no se mueve ni la mira. Vuelve a cerrar los ojos.

Adrián en el baño, con ojos cansados y rojizos —ha dormido poco y mal— agarra el cepillo de dientes como si estuviera aprendiendo a hacerlo. Vierte la pasta sobre las cerdas del cepillo calculando si la cantidad es la adecuada. Se cepilla los dientes, totalmente amodorrado, con lentitud y torpeza infantil. Abre el grifo y se enjuaga la boca, se moja la cara. A lo lejos, proveniente del interior de la casa parece oír a alguien decir «Adrián». Permanece un momento con las manos muy cerca de su cara, por la que chorrea el agua fría. Cierra el grifo y parece haberse sobrepuesto repentinamente a su extenuación. Sabe que está solo: Eva ha vuelto a salir de casa antes que él. Piensa en que se ha roto esa rutina de empezar el día juntos, a la vez, y de volver a casa y acabarlo de la misma manera. En estos días han cambiado muchas cosas. Se han liberado tristemente de esclavitudes de las que disfrutaban. Sabiendo que no se encontrará con ella, mira detrás de sí. Está solo. Pero ha escuchado esa voz. No sabe de quién es. ¿Hombre, mujer? Vuelve a mirarse al espejo. Frunce el ceño y aprieta la mandíbula: no le gusta lo que ve, pero no tiene voluntad alguna de mejorar su imagen, ni de adecentarla mínimamente con un afeitado, una ducha. Ni siquiera se peina con los dedos. Apaga la luz del armarito del espejo y sale del cuarto de baño caminando con energía.

Guaglianone está sentada en la mesa de la cafetería moderna e impersonal que no desentonaría en ninguna parte, en ningún barrio, en ningún país europeo. Adrián siempre repara en esas «globalizaciones» que tanto le fastidian, y lo hace también ahora, cuando desde la acera mira hacia el interior del lugar a través del gran cristal y ve a gente desayunando, desperdigada por las mesas. Encuentra a Guaglianone en una mesita del fondo, echando el azúcar en el café. Suspira mientras la observa remover con la cucharilla, abrir una carpeta, mirar el contenido, levantar la vista en dirección a la puerta. No ve a Rawson que, desplazado hacia un costado de la entrada, está a punto de sucumbir a la idea de no entrar, de no querer saber. Guaglianone coge algo de la carpeta —quizá unos folios pequeños, papeles, elucubra Adrián— y se los guarda en un bolsillo de la misma chupa de cuero negro que ya le viera en su despacho. La detective continúa removiendo su café.

Adrián se acerca a la mesa, aparta la silla enfrentada a la ocupada por ella.

—Hola, Guaglianone.

—Hola, Rawson, Adrián.

Adrián se sienta y toma una bocanada de aire sin disimular la incomodidad que le produce encontrarse allí.

—¿Quieres algo? —sugiere la investigadora.

Adrián niega compungido, soltando el aire al tiempo que un leve jadeo.

—¿Te encuentras bien? —pregunta sinceramente preocupada.

Rawson la mira fijamente durante un momento, como cogiendo fuerzas para comunicar algo decisivo.

—Me lo cargué —dice finalmente.

Guaglianone deja de remover el café y suelta la cucharilla que produce un tintineo al chocar con el pocillo

—¡¿Qué?!

—Con mis propias manos.

La detective mira hacia uno y otro lado, temerosa de que alguien esté escuchando esta confesión.

—Rawson, no entiendo, ¿qué me estás…?

—Soñé que me lo cargaba —interrumpe.

—¿Soñaste?

—No es exactamente un sueño. Es como una fantasía repentina que se impone. Yo no puedo hacer nada. No la manejo. Una aparición, no sé definirla, Guaglianone —dice Rawson pasándose la mano por la cabeza.

—Vale, bueno, lo que sea, pero no mataste *realmente* a nadie, ¿no es cierto?

—No, claro que no.

Guaglianone suspira aliviada.

—Joder, Rawson, no me des estos sustos.

—¿Cómo voy a matar a alguien?

—La gente hace esas cosas. Un mal día lo tiene cualquiera y… ¿Viste esa película con Michael Douglas?

—Con los dedos —dice Adrián ensimismado—. Con los pulgares.

—Joder.

—No me reconozco. Nunca he tenido intención de matar a nadie. Yo trabajo con los que *ya están* muertos. Pero cargarme un tío… Y por celos… No soy yo, no puedo ser yo el que tenga esos sentimientos tan…

—Es humano, Rawson —interrumpe Guaglianone con ánimo consolador.

—¿Me estoy volviendo loco?

—No digas tonterías. Poco matamos para cómo está el panorama.

—Yo no soy así. Yo no hago estas cosas. No contrato detectives ni meto los pulgares en las cuencas de los ojos de nadie.

—Fue un sueño, Rawson, tranquilo.

—No fue exactamente un sueño…

—Ya, una alucinación, lo que sea.

—Es bastante más inquietante que una pesadilla. Estoy descendiendo, ¿me entiendes?

—¿Descendiendo?

—Sólo puedo ir hacia abajo. ¿Qué es lo que ha cambiado en mí? En mi cabeza. A lo mejor todo es una paranoia mía, y me estoy haciendo películas que… Si nos queremos, joder.

Guaglianone asiente, bebe su café, como entendiendo que debe dejar lugar a la catarsis de su cliente.

—Le regalé una taza…

—Una taza, bien…—dice la investigadora, casi maternalmente.

—No la merezco. Sin ella no soy nada, nada, créeme. El museo sin ella no es nada. Todos los recuerdos. Esta vida juntos. ¿Cómo puedo permitirme hacer estas cosas? ¿Qué clase de persona soy? He prejuzgado lo que Eva…

Guaglianone niega bruscamente mientras termina de tragar un buen sorbo de café.

—No, no, Rawson —interrumpe.

Adrián detiene su discurso.

—Mi trabajo es averiguar la verdad —dice Guaglianone a modo de preámbulo—, quizá no sea este el mejor momento para transmitir alguna conclusión, pero la verdad no tiene remedio, como dice la canción.

Adrián la mira con exagerado gesto de incomprensión.

—No has prejuzgado, Adrián, si no, no habrías contactado conmigo. Me lo dijiste tú. Me gustó la frase.

Rawson apoya la palma de la mano sobre su cara, tapándose los ojos. Cansado, suspira.

—No sé qué hago aquí.

—No prejuzgaste, querías saber.

Ella saca unas fotos —que Adrián, desde la calle, creyó eran papeles— y las tira sobre la mesa, como si de una escenificación muy ensayada se tratase. Él enmudece. Repasa las fotos, separándolas unas de otras tocándolas suavemente con la yema de los dedos, esparciéndolas sobre la mesa hasta que ninguna tapa a otra.

—Pero esto no…

—Ya —interrumpe Guaglianone—: aparentemente no explican gran cosa, tómalas como un complemento.

—¿Un complemento de qué?

—De todo lo que he averiguado.

Adrián la mira expectante.

—Tu mujer va a muchos sitios durante el día…

—Sí, ya lo sé, no para —como admitiendo una obviedad—, si el museo va bien es porque ella no descansa, porque se ocupa de casi todo. Porque sabe, es muy eficiente.

—Sí, se ve. Se ocupa muy profesionalmente de todo. De una cosa. Después coge un taxi y va y se ocupa de otra cosa. Y después…

Adrián suspira impaciente.

—No para, la tía —continúa la investigadora—. Hace cien cosas diferentes cada día. De día. Pero de madrugada…

Adrián frunce el ceño.

—Hay un patrón que repite —retoma Guaglianone—. Y no entiendo cómo no has sospechado nada.

—¿Sospechar qué? De madrugada duerme. Como yo. Dormimos juntos.

Saca una libretita cochambrosa de su carpeta. La abre y enseña su contenido a Adrián mientras le explica.

—Mira, el martes... el miércoles, jueves, viernes... Hoy es lunes, no fui porque quería estar fresca para contarte. Casi todas las noches, tu mujer sale de vuestra casa y va directamente al museo.

—¿Qué?

—¿No ves las fotos?

—Ya, pero...

—Uber. Esquina del museo. No tarda nada. Desde vuestra casa, a esas horas, en quince minutos se planta en el palacio.

—¡Sí, ya sé que se tardan quince minutos, joder!

—Tranqui: reacción comprensible, pero no mates a la mensajera, Rawson, Adrián.

—Perdona...

—Entra al Museo Forense Capitalino y... Debes de tener las imágenes de las cámaras de seguridad.

—¿Las imágenes...? —se pregunta confuso—. No, llevamos unos días que... Se han producido algunos cortes... hay cortes... intermitentes... Me lo comentó Eva. Richard, el jefe de seguridad está en ello, solucionándolo, no es grave, pero está en ello.

—Ya. Cortes de media hora, cuarenta y cinco minutos a lo sumo. ¿A que sí?

Adrián mira a la detective con una mezcla de sorpresa y tristeza, como si estuviera decidiendo si ponerse a llorar en silencio o emitir un rugido.

—Ese es el tiempo que ella está dentro del museo. Esas madrugadas. No puedo entrar en una propiedad privada, y no veo nunca salir a nadie que no sea ella. El tipo saldrá por otro lado.

—¿Qué tipo? —pregunta Adrián, como si no hubiera comprendido el final de la frase.

—¿Quieres tomar algo? —dice intempestivamente Guaglianone.

—¿Qué? No.

—El museo tiene otra salida, ¿no?

Adrián asiente levemente.

Ambos parecen comprender que todo está dicho, que la situación es la que es y que Rawson ha caído en la cuenta del enigma que la detective, a falta de una prueba concluyente, ha resuelto. Aun así, ella no puede evitar sellar el encuentro.

—Lo siento Rawson: supongo que allí dentro se ve con el francés.

Guaglianone bebe del pocillo un escaso resto de café, como si también ella tuviera que acabar de pasar ese mal trago. Adrián permanece asintiendo, con la mirada perdida en algún punto desenfocado de la multitud de fotografías que tapiza la mesa.

—Es italiano —dice Adrián en voz muy baja.

La detective estira la mano y da unas bochornosas palmaditas sobre el dorso de la mano de Adrián.

—Lo siento, tío.

Rawson levanta la vista y mira a la detective, que retira la mano y desvía la mirada, incómoda, hacia un costado.

Un día más en la oficina

El día en el museo ha trascurrido con normalidad. Por momentos, a Rawson le parece que todo cuanto hizo durante su día laboral no fue más que permanecer de pie, algo alejado del ir y venir de visitantes, pero a la vez cerca del tránsito que da vida a la Sala Principal desde el comienzo del horario de visita hasta el cierre. Las horas han pasado delante de sus ojos a cámara rápida, observándolo todo sin cambiar de punto de vista, sin hablar con nadie, sin atender a sus labores, sin comer. Ahora lo recuerda todo como una nebulosa en la que, sobre un fondo vertiginoso hecho de gente yendo y viniendo; el gran reloj señalando el paso de las horas; la afluencia variable de público; un grupo de escolares y ese delgadísimo niño pelirrojo; el ajetreo en la tienda de regalos; etc., destaca Eva relacionándose con algunos visitantes como la magnífica y natural relaciones públicas que es; haciendo indicaciones; ejerciendo de guía; y todo ello sin dejar de sonreír de ese modo casual que resulta tan cautivador.

Mientras se desarrolla esa película de la que Rawson es espectador —quizá el único, pues probablemente ese film sólo se esté proyectando en su mente— piensa, como si de una voz en *off* se tratara de que: «Ella, evidentemente, es el motor del museo. Y de mi vida. Sin Eva nada habría sido posible. Ni me éxito profesional ni mi felicidad personal. Yo también, como el museo, soy un producto suyo. Soy un hombre afortunado». Diez horas hilvanando frases similares a esta, una y otra vez, en una sucesión que haría enloquecer a cualquiera que no fuera un hombre perdidamente enamorado de la actriz principal de la película de su vida. Sin dejar de reconocer lo cursi de los discursos que se repiten en su cabeza, Rawson, ahora que el museo está vació y él ya no es el público de película alguna, cree que debería vivir de rodillas ante esa mujer. Dudar de ella, aunque se empeñe en revestir esa incertidumbre de otra cosa, es un insulto constante e inmerecido hacia Eva. La altísima, gigantesca, desmesurada y dulce Eva.

Es de noche. Tendría que haber salido hace un par de horas, pero no hay cena alguna que preparar, ni en la que ser el comensal agasajado. Adrián recoge sus cosas olvidando los protocolarios cuidados que lo distinguen. Sin apenas enrollar el cable de su cargador lo arroja a su mochilita a modo de bandolera, donde también mete su cuaderno, sin reparar en la posición del resto de sus pertenencias, embutiéndolo en su interior. Se cuelga la mochila y se marcha de su despacho frotándose el cuello contracturado y achinando los ojos al tener que readaptar la vista más allá de la pantalla de su ordenador.

Agarra con intensidad el pomo de la puerta, como si fuese su único punto de anclaje con la realidad. Se tambalea ligeramente. Cierra los ojos. La cálida luz diaria de su despacho, ahora fría y sin vida, esclarece la totalidad de su rostro, enfatizando las recién adquiridas imperfecciones de su cara. Magnifica sus arrugas, tornándolas en estigmas. Es un adepto transmutado fugazmente en una figura sagrada, ordenada por alguna deidad desconocida para soportar todo el peso que conlleva la condición humana. Eso siente Adrián en este instante: Es el peldaño más oscuro de una escalera que baja a ninguna parte. Tensa su espalda sin dejar de aferrar el pomo, hace crujir su cuello. Se serena y sale de su despacho.

Cierra pacientemente con llave, cerciorándose varias veces de que la puerta de su oficina está *realmente* cerrada. Empieza a andar. No logra discernir con claridad algo que hay en el suelo en la todavía lejana sala principal. Sólo sabe que allí hay algo. Pese a la penumbra, en irónica contraposición a su ceguera, ve como si de un sexto sentido se tratase, o de un conocimiento total de su museo, un manchurrón negruzco, más aún que las propias instalaciones, ahora únicamente alumbradas por los expositores y los reflejos de la noche. Este elemento disonante que empaña la uniformidad del suelo entarimado va volviéndose reconocible a medida que se acerca a la sala principal. Relaja más y más la vista. Se agacha y lo recoge: Un folleto del museo. Se extraña, no por el hecho de que la encargada del equipo de limpieza no haya reparado en ello, sino porque el trozo de papel esté impregnado de una extraña sustancia transparente más densa que el agua. Lo manipula.

Se frota las húmedas yemas de los dedos. Mira al suelo como si fuese el único camino posible por recorrer con sus ojos.

Ve un rastro de huellas difusas que manchan el suelo con lo que parece esa misma sustancia que intenta indagar. Mira en dirección contraria, dilucidando el punto de origen del camino que dibujan las pisadas. Se sobresalta al ver los tanques que contienen a las dos cadavéricas personalidades de la sala principal. El cuerpo bautizado con el nombre del propio Adrián ha desaparecido. Dentro de su contenedor tan sólo quedan restos de partículas cutáneas flotando en la solución.

Ahora sí, luchando por no entrar en pánico —más por falta de energía que por autocontrol—, Rawson sigue con máxima atención las huellas que van desde el tanque vacío hasta una de las salas que lindan con la principal.

Una luz se apaga —quizá sólo en su pensamiento— y la penumbra se vuelve oscuridad casi total. Un nuevo sentimiento se descubre ante él como una traición de su más querida propiedad: El museo se ha rebelado contra él. Desde que tiene uso de razón ha sido capaz de conciliar el sueño con la luz apagada. La total oscuridad siempre le ha parecido reconfortante. Esos breves momentos, antes de quedarse dormido, en los que no ve nada, en los que todo escapa a su control. Una válvula de escape que le sirve para relajarse, distanciarse de su personalidad y ser diferente. Pero ahora, en este preciso momento, siente algo parecido al miedo.

—¿Chicos? ¿Qué estáis haciendo? —grita desde la distancia.

Cada vez más irascible, vuelve a llamar la atención de quien sea que le esté queriendo jugar esta mala pasada.

—¿Qué habéis hecho con el cadáver? ¿Juan, Álex... Fabrizio?

Rawson, sin saber hacia dónde, hace el amago de empezar a caminar. Escucha algo, ¿un crujido, un chisporroteo?, y al instante se detiene.

—¿Fabrizio? ¿Eres tú?

Siente como una fuerza desconocida crece vertiginosamente en sus entrañas. Con los ojos vidriosos y apretando el folleto con todas sus fuerzas se aproxima en dirección al indefinible sonido que acaba de oír, envalentonado, decidido: Un acto súbito de iniciativa propiciado por la ira que no tarda en desaparecer. Adrián se detiene, un escalofrío recorre su espalda. Busca alguna explicación lógica a lo que acaba de escuchar, quizá ni siquiera provenga del museo sino de su cerebro quizá enfermo, razona. Parece concluir repentinamente que no se trata de un ruido, sino de una voz. Una voz que nuevamente vuelve a enunciar aquel nombre. No se parece a nada que haya oído antes. No proviene de este mundo. Sin embargo, es totalmente comprensible para Rawson. La voz lo reclama: «Adrián».

Los ojos de Rawson se mueven de manera convulsa dentro de sus cuencas, como si luchase contra el acto reflejo de recabar más información, intentando saber y a la vez no saber. «¿Qué cojones está pasando?», piensa. Siente una ligera punzada en los ojos, como si, a casusa de la violenta tracción, su nervio óptico fuese a romperse. Su blanquecina esclerótica se tiñe de rojo. Por unos breves instantes el resto de su cuerpo colapsa al no saber discernir cuál sería la respuesta adecuada. Finalmente sale despavorido hacia la salida del museo resbalándose con el líquido. Zarandea empuja y tira compulsivamente de la primera puerta que debe abrir para salir. Grita. La puerta no cede.

Ve, a sus espaldas, sombras humanoides reflejadas en las paredes, magnificadas hasta límites sobrecogedores, moviéndose y retorciéndose erráticamente. Adrián, intentando negar todo ese terror, mira de reojo las sombras mientras huye nuevamente al interior del museo. En su carrera percibe destellos y bloques difusos de carne orgánica sobrepuestos unos encima de otros, fusionándose y ejecutando un violento ballet henchido de sangre muerta.

Rawson, corriendo sin pensar, regresa a su despacho, rebusca entre las llaves de su llavero, plenamente consciente de que esa cosa continúa buscándolo.

—¡No puedes huir de mí! —grita la criatura humanoide.

Adrián, histérico, intenta opacar la voz sobrenatural gritando. Con mano temblorosa introduce la llave en el pomo de la puerta a toda prisa, entrando en su despacho. Cierra con llave. Hace el amago de arrastrar una pequeña estantería, pero cesa en el intento, *poniéndose a salvo* bajo el único lugar en el que las películas le han enseñado a ocultarse en casos similares. Rawson, debajo de su escritorio, es plenamente consciente del error infantil una vez está tomada la irremediable decisión. Se juzga con máxima dureza, no sólo por no haber alcanzado una creatividad mayor en cuanto a escondites se refiere, sino por todos los aspectos que odia de sí mismo. Se golpea la cara, furibundo. Cada golpe, a modo de estocadas que se clavan en su corazón, pareciera deletrear la palabra «fraude». Ahora, Adrián sólo puede lloriquear en los que cree que serán sus últimos momentos de vida.

La cosa humanoide entra en la oficina destrozando el picaporte con un leve movimiento de su mano. Adrián no oye más que sus pasos renqueantes —o sus saltos arrítmicos, más bien— y su intermitente respiración de ultratumba acercándose. Aprieta los dientes y cierra los ojos. De repente, tanto los pasos como la respiración se detienen. Rawson, asumiendo su inevitable sino abre los ojos y eleva la mirada lentamente. Con los ojos llorosos e inyectados en sangre por todo ese convulso batido de emociones, mira fijamente a lo que sea que le está persiguiendo. Acto seguido torna el gesto en auténtica expresión de terror, poniendo los ojos en blanco. Rawson grita, pero no se oye nada. Abre tanto la boca que su mandíbula se descoyunta, emitiendo el crujir de huesos que sí produce sonido: «Clic».

Adrián despierta pegando un bote sobre su silla, hiperventilando. Se agarra el pecho con ambas manos. Recobra paulatinamente su habitual cadencia respiratoria. Mira en derredor. Nota su asiento húmedo. Mira sus pantalones y los toca. Está completamente empapado de pis.

Es de noche otra vez en el viejo chalet de Rawson. Adrián, sentado al borde de la cama, en calzoncillo y camiseta, se quita el reloj. El día ha sido duro. Prácticamente huyó del museo antes del mediodía. Llegó a casa y se desnudó en la cocina. Metió en la lavadora la camiseta, el calzoncillo, el pantalón y los calcetines. Se duchó y esperó la llegada de la noche, pero no a Eva. Pasó tres horas en el sótano, con la luz apagada, sombrío, casi patético. No recuerda en qué pensó. En todo y en nada. Eva, sin decir palabra desde que llegara, hace una hora, con gastada camiseta promocional del museo y braguitas, se mete bajo las sábanas, apaga la luz de su mesilla y se acomoda para dormir. Ninguno de los dos cenó. Esta vez el ruido del reloj de Adrián chocando suavemente contra la madera de la mesilla de noche no señala el inicio de la última charla, como ocurre casi siempre antes de dormir. Se mete bajo las sábanas. Antes de apagar la lampara de su mesilla, coge el vaso de tubo con agua para tomarse el somnífero, como acostumbra. Abre el bote de Somniflash, saca un comprimido y se lo acerca a la boca. Cuando la pastilla toca la superficie de sus labios, detiene el proceso. Deja nuevamente el vaso en el exacto lugar en el que estaba, guarda el comprimido dentro del bote y lo cierra. Ahora sí, Rawson reacomoda irremediablemente el vaso y apaga la luz. Se recuesta y cierra los ojos. Eva también.

Paseos nocturnos

A las tres de la mañana Eva se levanta de la cama con esa extrema ligereza que ha adquirido a lo largo de tantas madrugadas. Adrián no la ve, pero sabe exactamente qué es lo que hace. El procedimiento se repite invariable, paso a paso. Mira a su esposo, corroborando que sigue dormido. Descalza, coge la ropa que tiene ya dispuesta dentro del armario, cuya puerta corredera dejó semi abierta de tal modo que su mano quepa por la abertura y pueda extraer así el vestido. Sigue su camino. En penumbras, entra en el cuarto de baño. A pesar de haberse asegurado en su momento, aceitando las bisagras, de que la puerta no rechina al abrirla o cerrarla, la deja tal y como está: abierta. Se viste cuidadosamente. A pesar del frío invernal que reina fuera, elige siempre vestidos vaporosos, livianísimos, para que la operación sea más rápida y silenciosa. No se pone medias. Camino del exterior, pilla sus zapatos a los pies de la cama. Sale de la habitación. Sólo le queda por coger el bolso y el abrigo, ambos casi contiguos a la puerta de salida. Se calzará una vez haya traspasado la puerta, que sabe cómo cerrar silenciosamente. Se pintará en el taxi que pedirá llamando desde su móvil camino de la esquina.

Adrián, solo en la penumbra del dormitorio, está sentado en su lado de la cama, mirándose los pies apoyados en el suelo, escuchando su rítmica respiración. Se levanta y abre la ventana. Puede escuchar el motor, y ver, en parte, el frontal del taxi. Oye la puerta abriéndose, cerrándose, el coche arrancando. El taxi emprende viaje hacia su destino. Lo ve pasar y desaparecer. ¿Camino de dónde?

Rawson mira el reloj. Las tres y cuatro minutos. En aquella ocasión, cree recordar, ella salió un poco más tarde. Habían hecho el amor por primera vez juntos en esta misma cama. Algo más de nueve años atrás. Adrián se había quedado dormido un rato después de hacerlo, pero despertó al oír cerrarse la puerta de salida de la casa. Encendió la luz y la mujer ya no estaba. En principio estaba desconcertado por esa huida. Enseguida recordó el diálogo que habían tenido unas tres horas antes.

—Mira que no soy yo de quedarme a dormir —dijo Eva.

—Procuraré mantenerte despierta —replicó Adrián.

Ambos sonrieron antes de desbarrancarse por el ya inevitable precipicio de un deseadísimo primer encuentro sexual.

Se tranquilizó. Intentó pensar en que, después de todo, la chica había hecho algo razonable con su manera de tramitar estas cuestiones, algo coherente con sus creencias, por inusuales que le parecieran a él: No se quedó a dormir. Lo había advertido y lo cumplió. Una mujer de palabra. Por un momento pensó que nada estaba perdido. Volverían a quedar, mañana, seguramente. Él no quería esperar más para volver a verla. Entonces sí conseguiría convencerla de que se quedara a dormir. O, si lo prefería, podría ir él a la casa de ella. O juntos a un hotel. Lo que quisiera. Por primera vez en años sentía que era amor y estaba seguro de que la próxima noche ese amor se revelaría como mutuo. A partir de entonces, nadie abandonaría la cama antes que el otro, disparató.

Entonces, volvió a escuchar la puerta de entrada, esta vez, abriéndose. La mujer había regresado. Ni siquiera tendría que espera a mañana para sellar por siempre esa unión. Apagó la luz de su mesilla y se arrebujó nuevamente bajo las cobijas. Calculaba el tiempo que Eva tardaría en volver a subir al dormitorio. Pero tardaba más de lo previsto. Se asustó al imaginar que quizá quien había entrado no era ella, sino un ladrón, o un asesino, o varios. Tal vez un sicario compinchado con esa mujer de la que comenzó a enamorarse durante la cena y acabó de hacerlo después de haber compartido un encuentro sexual que ya había calificado de inolvidable cuando sólo estaba promediando y que, a partir de entonces, no había hecho más que mejorar hasta el final.

Eva entró cuidadosamente en la habitación, se desvistió rápidamente y volvió a meterse en la cama, adhiriéndose a la espalda del tipo más feliz del mundo. Por la mañana, antes de volver a hacer el amor, lo primero que hizo, aún antes de que Adrián preguntara, fue contarle que no era nada personal, que la rara era ella, que no sabe de dónde le viene esa costumbre de los paseos nocturnos, que no es que lo haga todas las noches pero que sí, dos o tres veces al mes, necesita salir a tomar el aire, despejarse un rato, media hora más o menos. A él le pareció una costumbre muy sana, «deliciosa», llegó a decir entre risas de ambos.

A lo largo de estos años Eva ejerció ese hábito. Dos, tres, cuatro veces al mes. Rawson nunca la acompaña en sus paseos ni le generan inquietud alguna esas breves salidas nocturnas. Hasta ahora.

Ha pasado más de una hora desde que el taxi se llevó a Eva a alguna parte. Únicamente alumbrado por los reflejos de la madrugada entrando por las ventanas de la casa, que no son pocos —parece imposible que la oscuridad o el silencio sean totales—, se prepara una taza de café en la pequeña cafetera exprés. Se apoya contra la encimera. Pensativo, da unos cuantos sorbos. Especula sobre las posibilidades de la luz y, como casi siempre, lo primero que aparece son los cadáveres del museo, iluminados por profesionales del espectáculo, maquillados con haces lumínicos. Luego, el aluvión indefinible de recuerdos, algunos de ellos fragmentos sin principio ni fin, chispazos —más luz— de escenas del pasado, de días corriendo en este mismo jardín ahora sombrío que se ve desde la cocina. Su madre dejándose perseguir y atrapar en el verano, y luego, después de muchos intentos postergados por la necesidad infantil de no dejar de jugar jamás, mojándose mutuamente con la manguera, empapándose, embarrándose. El rayo que vio caer cuando tenía doce años, que iluminó las casas durante un segundo e incendió brevemente el tronco del árbol que estaba allí y que, herido de muerte, acabó secándose después de pocas semanas. El tubo fluorescente en el laboratorio de papá, cuando titilaba, cuando ayudaba a cambiarlo por otro. El cometa Halley, en 1986, cuando Adrián tenía dieciséis años, atravesando el cielo (sabe que, probablemente se trate de un recuerdo inventado —no el paso del cometa, sino la visión refulgente del mismo, seguramente imposible a simple vista—, pero eso no le quita luminosidad digna de ser recordada ahora). Viñetas de antiguos tebeos. Sus paseos nocturnos con linterna por la que llamaban *zona oscura* del barrio cercano a este, emprendidos con aquel amigo que hace ya tantos años que no lo es. Finalmente, quizá porque recuerda que con frecuencia apagaban las linternas y lo que no veían les daba un miedo gozoso, razona que la oscuridad es otra de las posibilidades de la luz. Ese momento de algunos días en el que la cerrazón es un lugar físico que la cabeza edifica, repentinamente, en el mismo sitio donde la luz te encandiló, y en el que, ahora casi ciego, te encuentras dolorosamente a gusto y de donde no quieres salir.

Rawson esboza una sonrisa que empieza siendo dulce seguida de una carcajada nerviosa que parece inaugurar en la casa un eco inédito. De repente tira la taza con violencia contra la pared azulejada. Respira agitadamente durante unos minutos. Se calma progresivamente.

No encuentra motivos para volver a la cama ni para quedarse en la cocina. Piensa en la posibilidad de hacer ambas cosas a la vez y no le parece imposible.

Eva lleva un rato sola en la cocina viendo los trozos de la taza esparcidos por el suelo, la pared manchada de café, las salpicaduras en el suelo. Son las siete de la mañana y, a partir de esos restos, intenta armar la historia de lo que ha pasado aquí desde que saliera de casa hasta su regreso. No tiene dudas acerca de quién ha sido el que estampó la taza de café, claro, y tampoco de que se trató de una reacción airada. El causante es el otro habitante de la casa, y la conclusión está ante sus ojos, en los azulejos, en las baldosas. También cree claro el detonante. Lo difícil es dilucidar el resto, los elementos menos evidentes. Eva se reconoce como la que desencadenó el momento que se puso en escena en su ausencia. Especula sobre las razones y ambiciona que, de una manera sensata, tranquila o simplemente con la intervención de algún proceso mágico, todo se quede en un malentendido al que puedan hacer referencia risueñamente durante el resto de sus vidas.

Agrupa los trozos de taza sobre la encimera. Luego coge una bolsa de residuos y los mete dentro. Lo hace todo lentamente, cuidando que una posible aceleración del proceso no interfiera en sus pensamientos. Mete la bolsa en el cubo de la basura. Cuando se dispone a secar los residuos de café esparcidos en los azulejos de la pared y la cerámica del suelo, es invadida por una especie de cansancio que la paraliza. Deja la bayeta nuevamente dentro de la pila y se dispone a salir de la cocina dejando el abrigo sobre la silla donde lo arrojó al entrar. Rodea la mesa y cuando está a dos pasos de traspasar la salida, Adrián entra en la cocina en calzoncillos y camiseta. Actúa como si no la viera,

hasta tal punto que, si no es porque ella se aparta levemente, habrían chocado. Va hacia la cafetera automática,
la enciende.

—¿Qué ha pasado, amor? —pregunta Eva segura de no
haber elegido adecuadamente la primera interrogación de
la mañana.

Adrián coge un pocillo de la alacena.

—Acabo de tirar una taza —abunda ella—. ¿Cómo estás?
Solo he salido a dar un paseo. Dormías y no quise…

—¿Qué taza? —interrumpe Rawson sin mirarla.

Ella suspira. Deberá armarse de la paciencia que, inge-
nuamente, creía poder prescindir.

—La acabo de tirar…

Eva mira en dirección al cubo de la basura. Señala vaga-
mente hacia la pared manchada. Luego posa la vista en su
esposo, que sigue a lo suyo, de espaldas a ella. Aprieta el
botón y el café comienza a llenar la tacita acompañado por
ese sonido que suena como el prólogo de algo terrible o,
quizá, con suerte, sólo como el de algo muy incómodo que
ella podrá revertir.

—Da igual… —dice Eva—. ¿Qué tal has dormido? —intentando girar hacia la típica conversación mañanera sabiendo
que es del todo imposible que él secunde ese camino.

La máquina deja de sonar y Adrián coge su pocillo. Eva
inclina la cabeza expectante, esperando respuesta. Él la
mira y sonríe con falsedad impostada.

—He dormido muy bien —dice mientras aparta una
silla—. ¿Y tú qué tal?

—Bien, bien…

—¿Algún detalle más? —dice Rawson antes de dar el primer sorbo.

—Salí a dar una vuelta y luego me pasé por el museo.

—¿A esas horas? —fingiendo una sonriente alarma.

—Sí, estoy loca. El minicine me tiene muy ansiosa, pero…

Adrián, pocillo en mano, se deja caer sobre la silla. Da un lametón por el dorso de su mano, recogiendo el chorrito de café que se ha salido de la taza al sentarse.

—...pero ya casi está, mañana toca limpieza y la tenemos lista. Por fin podrás echarle un vistazo, y darle tu aprobación.

—Eso siempre me ha sorprendido de ti.

—¿El qué?

—Esa energía que tienes al levantarte por las mañanas. Y me sorprende aún más este... brío que tienes al *llegar* por las mañanas, sin dormir, porque esta noche no has dormido nada, no sé cómo puedes.

—Bueno, no te preocupes —dice mientras su esposo bebe un trago de café—, hoy nos acostamos pronto.

—Siempre me ha gustado esa cualidad —retoma Rawson como si ella no hubiese dicho nada—, esa capacidad de estar todo el tiempo tan viva.

Eva mira a Adrián con una media sonrisa que parece dibujársele a su pesar.

—Por las mañanas pareces invencible —continúa, muy serio, clavando su mirada en la de su esposa.

Ella suelta una risilla. Se acerca a Adrián, que la sigue con la mirada. La mira fijamente con el cuello curvado. La cara de su amor se le desenfoca de tan cerca que está. Eva acaricia la cara de Rawson con la temblorosa delicadeza de su mano derecha. Esboza una tímida sonrisa mientras le atusa el pelo revuelto con la izquierda. Repentinamente, separa las manos de la cara y la cabeza de su marido y se marcha de la cocina.

—Dúchate, anda —dice ella mientras se aleja rumbo al dormitorio.

Adrián, ahora sin público, torna su gesto en abatida seriedad. Da un nuevo sorbo a su taza y, extrañamente, siente una quemazón en la lengua por primera vez desde que empezara a beber su café.

El museo está atestado de gente. Más de la habitual para un miércoles a las seis de la tarde. También el barullo parece ser mayor que el usual. Incluso la velocidad a la que la muchedumbre se mueve parece duplicada. Adrián repara en ello: el *clima* que envuelve al museo le parece irreal, quizá no *del todo* irreal, pero sí algo desajustado de la realidad que percibe desde hace nueve años a estas horas de la tarde.

Sin embargo, esa percepción no lo distrae de los pensamientos que lo hacen caminar ensimismado. Quizá porque no se trata de *pensamientos*, sino, por el contrario, de un vacío, de una falta de pensamientos. Deambula como un sonámbulo, mirando sin mirar y cogiendo caminos sin esperar que lo lleven a un sitio concreto.

Ve a Fabrizio en la distancia. Está hablando con el jefe del equipo que monta la nueva salita de proyección. Los trabajadores del museo se han integrado en el grupo de empleados de la empresa instaladora y, en la medida que pueden, echan una mano. El trabajo, como anticipara Eva, está prácticamente terminado. Rawson no ha entrado aun a la sala, ni tiene especial interés en hacerlo. A esta hora de la tarde del día de hoy, no se extraña en absoluto de ese desdén en que está sumido. Detiene su errático andar y observa. Frunce el ceño y aprieta el puño. Inspira un aire que entra en sus pulmones causándole un leve dolor en el pecho. Fabrizio y el jefe de la empresa instaladora echan a andar desapareciendo de la vista de Adrián por uno de los pasillos. Con andares casi ridículos de envalentonado personaje cómico, Adrián emprende su marcha en dirección a la esquina por la que dejó de ver al italiano. Camina cada vez más rápido y furioso. Ya no hay dolor en los pulmones, quizá porque las espiraciones son aún más furibundas que las inspiraciones.

Gira y encara el pasillo que su empleado ha cogido. Alcanza a ver cómo desaparece tras el recodo de un nuevo recoveco. Ya no ve al instalador de la sala. Rawson trota hasta la siguiente esquina y gira, vuelve a ver a Fabrizio quien, a su vez, está a punto de perderse nuevamente, esta vez al doblar la esquina que hay a unos diez metros de donde se encuentra su perseguidor. Adrián desacelera un momento y mira hacia arriba al percibir que la luz ha bajado en intensidad o, quizá, se ha matizado, como si de una luminosidad fría se hubiera pasado repentinamente a una cálida. Comienza a sentir que ya no se desplaza por el interior de un edificio conocido; a no saber adónde conducen los senderos que salen a su paso. Cuando en la persecución que ha emprendido arriba al nuevo cambio de dirección, comprueba que el joven trabajador ha desaparecido. Es imposible que haya vuelto a cambiar de dirección, pues este pasillo es mucho más largo que los anteriores, no le ha dado tiempo a llegar al final, si es que el pasadizo tiene un final.

Súbitamente, y justo en el instante en el que iba a detener su marcha, ve que, unos veinte metros más adelante, una luz, proveniente de un costado, irrumpe en el pasadizo. Es una luminosidad titilante que parece emitirse desde una habitación abierta, como las imágenes que proyecta una pantalla de televisor sobre las paredes que la circundan. Adrián, curioso, se acerca lentamente al intermitente haz de luz. Cuando está a punto de llegar al foco desde el que la luminiscencia se difunde, comprueba que, efectivamente, hay una gran puerta, pero está entornada y no completamente abierta. Se escucha un indefinible sonido proveniente del interior. Quizá se trate en verdad de una tele encendida, piensa Rawson, tan desconcertado por la sucesión de eventos en los que se haya sumido que no le parece una locura que haya una tele encendida dentro de una habitación desconocida que da a un pasillo imposible —desde donde se encuentra ahora tampoco percibe el final de ese camino recto— en alguna parte de lo que, en principio, era el palacio que aloja a su museo y ya no sabe qué es.

Con cierto esfuerzo empuja la gran puerta y entra cautelosamente en la sala. Hay una pantalla, pero es mucho más grande que la de una televisión. Es, más bien, una pequeña pantalla de cine. Emite fragmentos grisáceos irreconocibles, cambiantes, como si se tratara de detalles ampliados notablemente de arrugas en la ropa, de nubes de tormenta, o de un oleaje nocturno. El sonido continúa siendo indescifrable. No se trata de ningún pasaje musical ni, desde luego, de voces o gemidos.

En cuanto su vista se adapta a los estímulos visuales que recibe ahora, puede comprobar que se encuentra en una pequeña sala de cine. Dos grupos de butacas divididas por un pequeño pasillo. Mira hacia un costado y cuenta las filas. Cinco. Ahora cuenta los asientos dispuestos por fila. Diez. Multiplica por dos. Hay cincuenta butacas. Se acerca al asiento más próximo a él, toca la chapita metálica identificatoria, lee el número 49. Recuerda a Eva. También el empeño que ella tenía en que la tipografía de los números fuera Garamond para complacerlo a él. Es su tipo de letra favorita. Cada vez que la identifica en un libro no deja de decirle a su mujer: «Garamond». Pero este no puede ser el minicine a punto de inaugurarse. Sabe dónde está ubicado, en la antigua Sala 7 del museo. Sabe cómo llegar a ella con los ojos cerrados y, desde luego, a la Sala 7 no se llega perdiéndose por vericuetos imposibles y arribando, después de una travesía turbadora, a este interminable y oscuro final de camino.

Las imágenes comienzan a ser inteligibles. Parpadean, chisporrotean, como si pelearan por desplazar a los borrones grises que ocupaban la pantalla hasta ahora. Se imponen pequeños trozos añejos de vídeos en blanco y negro: cadáveres; autopsias *caseras*; personas vivas con malformaciones genéticas; perros moribundos aplastados en carreteras; rosas marchitándose aceleradamente;

lluvias de barro o un elemento similar al barro; una niña arrancándole las alas a una mariposa mientras mira sonriente a cámara...

Adrián avanza por el centro de la sala sin quitar ojo a la pantalla. Se pregunta qué es lo que está viendo. Se sienta en la segunda fila, butaca 16, junto al pasillo. Tiene el estómago revuelto, pero también está sintiendo cierto goce inevitable ante el terrible collage de momentos que se cuelan en su cerebro. No cierra los ojos. No se pregunta quién es el que está proyectando estas secuencias nauseabundas. No está a gusto, pero tampoco concibe la posibilidad de reaccionar. Quizá, sin saberlo, esté encarnando un mecanismo de defensa.

Si, por ejemplo, se volviera, exactamente detrás de donde se encuentra sentado, en la butaca 26 de la fila tres vería al cadáver mutilado, uno de los emblemas del museo que flota, o flotaba, en su tanque y que su mujer Eva Sarriá bautizó con el nombre de Adrián.

El cuerpo, empapado por el Súper Formol Rawson, ha dejado un leve reguero de pisadas húmedas —las de su única pierna completa— de camino a su localidad. Ahora, chorrea apenas. Adrián olisquea el aire, percibe el casi inapreciable y querido aroma que despide su solución. Mientras observa a una anciana abriendo en canal la tripa de un gato muerto y extrayendo de allí con sus temblorosas manos desnudas las vísceras que contenía, Rawson piensa en los dos formoles. El de su padre, el Formol Rawson y el suyo, el Súper Formol Rawson. La parece un chiste, como siempre le ha parecido. Lo que quedará para la Historia de la Ciencia como evidencia de la evolución de su solución respecto de la de su padre, será la palabra *súper*. Pero vuelve ahora mismo a vanagloriarse de ello, porque esa especie de prefijo facilón marca, quizá, el máximo desarrollo que podrá alcanzarse jamás en lo que respecta a este componente químico.

Desdeña la plastinación, a la que se refiere despectivamente, cuando no le queda más remedio, como *el invento de ese alemán*. Siliconas, polímeros y resinas son palabras a las que no se enfrenta ni utiliza. Todo ese concepto le desagrada. Cree que es un carril paralelo que nada tiene que ver con la «pureza» de los procedimientos científicos iniciados por su padre y elevados a la categoría de insuperables por él. El viejo Rawson nunca hubiera podido conservar un cadáver introducido en su formol sin que los tejidos se descompusieran aceleradamente por el contacto con el líquido. El Súper Formol Rawson, en cambio, tiene la propiedad de no causar deterioro alguno de los tejidos, de los órganos. Su poder de conservación prommete la *vida eterna* de cualquier cadáver adecuadamente sumergido en él. Sonríe al repetir en su cabeza la expresión *vida eterna*. En realidad, según se aventuró a escribir en alguna de sus libretas, la eficacia de su formol comenzaría a disminuir a partir de los ciento cincuenta o ciento sesenta años. La anciana de la película se limpia burdamente las manos con un trapo sucio e intenta enhebrar una gran aguja con un rústico cordel.

El olor de su querida pócima parece sumirlo en un extraño sopor que amenaza con adormilarlo. Quizá el cadáver que Rawson tiene detrás detecta esa sensación y no quiere permitir que eso suceda.

—Qué maravilla, ¿has visto eso? —dice el cuerpo ligeramente graso con una voz sin acentos y de una gravedad casi paródica.

Rawson lo ha oído y su corazón parece a punto de abrirse camino hacia el exterior a través de su esternón, prometiendo una imagen que podría competir en repulsión con la que se está emitiendo en la pantalla: Una especie de cirujano extirpando un tumor del abdomen de un señor muy obeso que mira la operación con absoluta tranquilidad e, incluso, regocijo. El goce del paciente se acrecienta cuando, después de una elipsis, se aprecia cómo el *especialista* cose esos dos kilos de excrecencia que acaba de extraer, en la mejilla derecha del intervenido.

—*Me-ra-vi-glio-so* —dice, ahora con perfecto acento italiano, el ser imposible sentado detrás de Rawson.

Adrián traga saliva, suspira, como preparándose para una fatigosa charla.

—Es ciencia... —dice Rawson en un tono que quizá quiera sugerir una intención humorística. Y negra.

—No, no es eso, es algo más... —dice el cadáver fantasmal, volviendo a su acento neutro, sin interpretar la ironía.

—¿Me...? —comienza Adrián.

—No, no —interrumpe Adrián.

—¿... me estoy volviendo loco? —completa.

—Algunos cambios son difíciles de asumir... sólo es eso.

El Adriáncadáver da unas cuantas palmadas consoladoras en el hombro de su contraparte viviente.

Rawson asiente comedidamente mientras continúa con la mirada fija en la pantalla, viendo esos horrores.

—Por eso no la seguiste, ¿verdad, Rawson?

—¿Disculpa? —pregunta, girando apenas el cuello, pero cuidándose de no mirar a la imposible criatura sentada detrás de él.

—A tu chica, anoche...

—¿Cómo es que puedes andar? —inquiere Rawson como si no lo hubiera escuchado.

—¿Eso es lo que más te extraña de esta situación? —dice sonriendo por primera vez desde que se convirtiera en cadáver.

Adrián ríe nervioso. Su parte científica y también su lado no influenciado por su formación, su profesión, procuran reponerse de los golpes verbales que está recibiendo. No ha podido sobreponerse a esa insoportable realidad que lo desafía, a pocos centímetros de distancia. Piensa, infantilmente, que el monstruoso espectador ubicado a sus espaldas sólo ha ganado el primer *round.*

La criatura deja pasar unos segundos, regodeándose íntimamente en la situación que ha creado, y vuelve al ataque.

—De repente he pensado que una limitación física como la mía no era impedimento suficiente para no hablar contigo.

—¿Has *pensado?*

El cadáver inhala y exhala con gran esfuerzo, produciendo ruidos extraños, como de tuberías con problemas de circulación. Enseguida, luego de una breve tos que cambia de sitio a una especie de flema en su tráquea, continúa.

—A veces sólo basta con eso, con pensar que lo imposible no es más que una idea que se puede reemplazar por otra. Yo, a pesar de haber muerto, o quizá por eso mismo, puedo hacer esas cosas. Tú no. Tú, que tienes piernas, no. Eres incapaz de usarlas, porque temes que te conduzcan a la verdad. Inmóvil a los pies de la cama, patético, mirándote las uñas de los pies. Pagando tu frustración con tazas inocentes.

Adrián aprieta la mandíbula, enfocando un detalle de la horrible película para dejar de oír, como cuando era niño y, para no gritar, buscaba formas en los dibujos de las baldosas de su habitación. (El suelo de esa habitación es otro desde que, hace años, hiciera la gran reforma que borró casi todo el pasado de la casa: La pintura, los objetos, alguna pared. Sólo mantuvo intocable, durante mucho tiempo, el despacho de su padre en el sótano. Ahora, aunque en gran parte sigue siendo el que era, invadido por artilugios modernos, ordenadores y aparatos electrónicos, ya no lo es en su totalidad).

—Aunque no sé de qué me sorprendo, siempre ha sido así, ¿verdad?

—El patético eres tú. Y el desagradecido —dice Adrián imponiéndose serenidad.

El cadáver lanza una extraña carcajada, como un aullido contenido, que deriva en un ataque de tos. Todo hace pensar que se ha atragantado con la mucosidad color granate que escupe hacia un costado. Con voz clara, continúa.

—Tu padre. Míralo —dice señalando en dirección a las imágenes—. ¡Papá no me quiere, papá no me quiere! —interpreta burlón.

En la pantalla aparece un inserto muy breve, en blanco y negro, del padre de Adrián con su pipa, pasando el contenido de una probeta a otra.

—Pensabas, y sigues pensando, que no te respetaba. Creías y crees que todo el mundo sabe que él era y, aún muerto, mejor que tú. Y este *todo el mundo* te incluye a ti. Tu madre sobreprotectora no ayudó a que crecieras y te libraras de esos pensamientos. Lo intentó, eso sí, pero ella también sentía que tu padre, en el fondo, a pesar de esa apariencia y esas acciones de esposo ejemplar, tampoco la respetaba. Sin mala intención, claro. Lo disculpaba, cada uno es como es y esas cosas. Muchos años después, a pesar de su devoción incondicional y de su humanidad inmaculada, pensaste y piensas que tu mujer sabía al dedillo el pasado que te hizo ser así, tan... tan cabalmente tú. Y esto no es ni una alabanza ni un insulto. Vives con miedo a que te deje, miedo a que se busque a otro mejor, alguien sólido de verdad.

En la pantalla aparece el retrato del padre de Adrián colgado en la pared del museo. Enseguida, el retrato del padre en el viejo despacho y laboratorio del sótano de su casa. Finalmente, el retrato —la misma foto en los tres casos— pegado en la pared de lo que parece ser la celda de una prisión algo moderna, alternativa.

—¿Sólido de verdad? ¿Qué lamentables lecturas pseudo psicológicas consultas? Fuera de tu tanque pareces completamente estúpido. Por cierto, si no vuelves a tu depósito morirás. No es que me importe demasiado, pero eso es lo que va a suceder: te convertirás en irremediablemente irrecuperable.

—Empezaste a creerlo tanto —ignorando lo que acaba de escuchar— que paulatinamente esa imagen que tienes de ti, ese trauma, y sé que odias la palabra, se irradió hacia ella, con cada caricia, con cada gesto, porque tú eres un hombre sincero, Adrián. Quizá a tu pesar: no lo cuentas todo de viva voz, pero no puedes evitar contarlo por otros medios.

Como si el cadáver estuviera dirigiendo en ese preciso momento la película que se emite, se ven ahora, sin sonido, breves destellos de Eva sonriendo, la mano de Adrián acariciándola, Eva gimiendo de placer.

Adrián, conmovido, cierra los ojos lentamente, como si sucumbiera a una droga adormidera.

—Lo que tú eras y eres se extendió por cada fibra de su cuerpo. Y ella sembró en el tuyo ese extraño amor por la desconfianza. Extraño en ti, que jamás lo habías padecido, pero muy habitual en otros hombres y mujeres. Es como un cáncer. Y tú sabes lo que es un cáncer: Un tumor maligno con nombre y apellidos y una gran devoción por la perversión y, en los casos más extremos, por la locura.

Adrián, con la misma lentitud con que los había cerrado, abre los ojos.

En la pantalla reina su propio retrato, con los grises, luces y el mismo tamaño de grano que la fotografía de Rawson padre.

—Eso es —dice el cuerpo, risueño—. Mírate con los ojos bien abiertos, Rawson —No puedo —dice Adrián, repentinamente convertido en un niño atemorizado—, no sigas.

—Piensas que tu mujer tiene un amante...

—No, no, yo sólo... —dice Adrián aturdido.

—...y de tanto pensarlo, lo creaste.

—Por favor...

—Necesitas saber la verdad. Tras todos estos años necesitas erradicar el cáncer o acabarás matándote y matándonos a todos.

Rawson exhala una bocanada de resignación. Con los ojos llorosos y avergonzado por haber sucumbido a esta especie de absurda terapia, a pesar de creerla absurda e, incluso, irreal, acaba por admitirlo:

—Tengo que enfrentarme a la verdad.

Rawson se gira casi por completo con la intención de mirar a los ojos a la criatura que tiene detrás, pero la penumbra de sala se enfatiza aún más porque la pantalla parece irse intencionadamente a negro.

—¡Exacto! —exclama como el villano de un cómic patético.

Rawson vuelve a mirar al frente sin haber percibido más que una sombra de su interlocutor. La película continúa.

—¿Y si no puedo sobrevivir a esto? —dice a media voz.

—La mortalidad está sobrevalorada, Adrián.

Rawson no termina de comprender la frase, y no posee las fuerzas para adentrarse en ella.

El cadáver llamado Adrián apoya sinuosamente sus largas y huesudas manos sobre los hombros de Rawson.

—Al igual que tu mujer me dotó de identidad, tú me dotaste de un propósito.

—No entiendo tu juego, pero juega de una puta vez. ¿Qué propósito se supone que es ese?

El cadáver arrastra su trasero hasta el borde de su asiento, estira el cuello poniendo su cara, o lo que queda de ella, a la altura de la de Rawson, quien se gira levemente para encontrar primero una mano huesuda, pútrida, con extraños bultos y sin el dedo índice y, enseguida un cráneo humano con restos de piel verduzca, gangrenada y unos grandes ojos blancos, sin pupilas, sin vida. Al sonreír, en el atroz rostro se configuran extrañas arrugas que, cuando deja de hacerlo

—y Adrián, horrorizado, no puede dejar de presenciar el proceso—, tardan unos segundos en desaparecer. Al salir de su *hábitat natural,* todo él ha cogido una tonalidad verduzca. El joven y bello cadáver milanés se ha convertido en un monstruoso despojo maloliente.

—Juntos lo averiguaremos —le susurra tenebrosamente al oído, tocando levemente la oreja del científico con sus labios.

Rawson, asqueado como nunca lo estuvo, mira al frente. La proyección se detiene. Se escucha un viejo sonido de rollo de celuloide que ya no es atravesado por la luz y sigue girando. Todo se queda a oscuras. El cadáver ya no está y Adrián, que permanece en silencio, no necesita mirar detrás de sí para saber que vuelve a estar solo. Inmóvil, pero aparentemente calmado, deja de oler la fragancia de su formol y, luego de unos minutos, apostaría que comienza a percibir un aroma a nitrato de celulosa y alcanfor.

—Celuloide —dice Rawson casi en un murmullo. Y se pone en pie trabajosamente.

Adrián se percata de que Eva también juega, de manera muy creíble, a que lo ocurrido durante estos días ya forma parte del olvido. Temerosamente, pero henchido de soberbia, creyéndose un experto conocedor de su mujer, lee la tonalidad y los gestos de Eva. Cada movimiento certero que ella ejecuta certifica que ambos están dispuestos a hacer de esta noche, una gran noche. Está seguro de ello.

El chalet recobra su cariz conciliador. Para él, ya no es el escenario bélico, agrietado y con olor a sangre seca de pasadas contiendas. Ni el de incertidumbres provocadas por el silo de misiles que en cualquier momento pueden ser detonados contra él, en forma de reproches velados, violencia silenciosa e incomodidades varias. No. En esta ocasión siente que todo está yendo por el único camino que quiere transitar.

Y por miedo a que este tipo de tribulaciones, que han empañado su vida recientemente, puedan profanar de manera definitoria el único espacio que comparte en exclusividad con Eva, Adrián decide agotar las pocas fuerzas que le quedan poniendo sus cinco sentidos en la sagrada receta de su guiso de conejo. El aroma hogareño del estofado termina de consolidar el ambiente deseado y de influir, más si cabe, en el reencuentro con la charla amable y carente de fricciones. Unas charlas que, durante estas semanas, parecían dictar la fatídica sentencia a muerte de su relación.

Ahora mismo tiene que aprovechar el momento para revertir o más bien ralentizar —siendo honesto— los efectos de su corrupción. Pero, sobre todo, más allá de seguir anhelando un futuro como el pasado que ambos compartían y continuar trazando elucubraciones desesperadas y poco realistas para hacerlo realidad, ahora mismo Adrián sólo busca un momento de paz.

La *rentrée* ya ha comenzado.

Eva ejerce de pinche risueña. Sirve el vino. Corta la zanahoria. Anuncia que se está acabando el comino. Da besos en la boca y en la nuca. Hace chistes, muy celebrados por ella misma y aplaudidos discretamente, pero de manera sincera por Adrián, acerca de maridos celosos. También de niños que, por fortuna, no se han tenido. El aroma que brota de la olla es cada vez más intenso y despierta felicitaciones mutuas. Se obsequian con halagos, piropos y frases incluso zafias, que hacen brotar sonrisas, risas y ganas de tener más calor.

El aluvión de sentimientos positivos termina por colapsar la mente de Adrián, soltándose definitivamente, haciendo de sus mejores deseos para este último tercio del día una realidad indiscutible. Para ambos está siendo una noche quimérica.

El primer vino es ya un recuerdo y aún está promediando la cocción.

—Abro otra —dice Eva.

—En diez minutos estamos cenando —dice Adrián.

—¿Y en cuarenta? —pregunta ella dirigiéndose al pequeño expositor donde descansan tumbadas tres botellas de Ribera crianza de diversas marcas.

Ambos ríen y dudan de si lo que deben postergar es la hora de hacer el amor o de cenar. Pero no lo dicen.

—Mañana tenemos que *inaugurar* tu minicine —insinúa Adrián con intención que ella capta al vuelo.

En su momento, y cada tanto lo recuerdan, *bautizaron* cada una de las habitaciones del chalet: la cocina; el cuarto de baño; el salón; el despacho del viejo Rawson; hasta el jardín. En todas esas estancias tuvieron sexo. «Incluso lo hicimos en nuestro dormitorio», suele sentenciar Rawson cada vez que rescatan la anécdota.

—Sí, dice Eva, pero mejor esperemos a que acabe la rueda de prensa y se vayan todos, ¿no?

Ambos ríen. Se besan. Ella abre la botella de vino. Levantan sus copas. Brindan por nada en concreto.

—En cinco minutos estamos cenando —dice él.

—¿Y en treinta y cinco? —pregunta seria y sensual ella, antes de vaciar de un trago su copa.

Adrián, con el somnífero en la mano, mira a Eva, que boca arriba ya duerme profundamente después del amor. Por un instante, piensa si realmente sería tan grave vivir ignorando el secreto de su mujer. Por momentos como estos, muchas veces duda acerca de si valdría la pena. Si realmente podría hacerlo. Total, a fin de cuentas, el concepto de monogamia es un constructo social y *simplemente* tiene que desligarse de esa idea, intentar creer que puede haber otro camino que el que siguieron sus padres, y los de estos antes que ellos. Muchos jóvenes ya lo están haciendo —cierra la reflexión torpemente, dándose cuenta del bochornoso remate—. No está siendo honesto consigo mismo. Abogando por el sentido común y la consabida sabiduría que ha de imperar en un hombre maduro, rectifica.

«No. No. Esos jóvenes son idiotas y todavía no saben lo que es el amor. Pobres infelices, creen conocerlo todo sin haber vivido ni sentido lo que yo... Estoy demasiado mayor para poder disfrutar ignorando las responsabilidades. No puedo jactarme de tener novedosas respuestas para todo. Y aceptarlas. Y, sobre todo, soy demasiado viejo para desaprender una vida que me ha dado tanto».

Adrián se toma la pastilla, sentenciándose a vivir un día más en la ignorancia. Eludiendo su cita con la verdad. Pero no duda, para él está bien, pues hace tiempo que no se va a dormir tan tranquilo con el mundo, secretando paz por cada fibra de su ser. Hoy ha sido una noche de renovación y se deja llevar por su cálido amparo. Recostado, sonríe y cierra los ojos, porque sabe que este es un momento que tiene que habitar.

Cometa

Las butacas están ocupadas. Todas, aunque una decena lo está por personal del museo. Al fondo, en la entrada de la salita de cine, minicine —como prefiere Eva— u, oficialmente Minicine MFC, Adrián y Eva esperan, entre la penumbra cambiante, a que acabe la peliculita institucional que hace hincapié, sobre todo, en la refundación del museo, aunque también ha habido un breve pasaje referido a la labor de Rawson padre y al museo *viejo*.

Adrián hace un paneo mirando las nucas de los asistentes, intentando dilucidar a través de estas si hay alguna cara conocida. Al terminar su recorrido visual se sobresalta ligeramente. Hay una persona sentada vuelta hacia él mirándolo fijamente, sin parpadear. Adrián no elude su mirada. No sabe quién es. A su vez, Eva observa extrañada a su marido, mira hacia la sala y nuevamente se centra en Adrián. El tipo que mira a Rawson parece esbozar una sonrisa y vuelve la mirada a la pantalla.

—¿Estás bien? —susurra Eva a su esposo.

Adrián no responde. El vídeo institucional acaba de terminar y se escuchan aplausos de compromiso. Es el momento de salir a escena. Adrián toma aire, reafirma interiormente su cometido en el evento y recibe una caricia de su mujer acompañada por un: «Vamos allá».

Las luces se encienden, la pantalla muestra la imagen fija del logotipo del MFC.

—Tú puedes —dice Eva con voz casi inaudible.

A medida que Rawson avanza hacia el proscenio puede ver algo más que la cabeza del inquietante individuo que lo miraba tan intensamente durante la proyección. Comprueba que su cráneo, cubierto de abundante y bien peinado cabello es la única parte humana que conserva, puesto que el resto de su cuerpo es el de un perro. Adrián está viendo el cuerpo de un perro, sentado a cuatro patas sobre la butaca, con una cabeza humana cosida al cuello con rústicas costuras de hilo de soga. Perfectamente consciente de que se trata de un delirio, pero igualmente turbado por ese extraño ser salido de una repugnante mitología, sube los pocos peldaños con paso enérgico. Se aproxima al centro del escenario evitando la mirada del engendro.

—Me alegra que hoy haya tanta gente reunida aquí para, por fin, celebrar la actualización final del museo que tantas horas de trabajo nos ha costado a todos.

Adrián da las gracias a sus empleados y a la constructora con la que pudieron renovar o remozar algunas de las instalaciones y, sobre todo, inaugurar en este acto la sala de cine en la que se encuentran. Adrián como cayendo en la cuenta al verla al fondo, sonríe.

—Por supuesto, quiero darle las gracias a mi mujer, Eva —señalando en dirección a ella—, verdadero motor de la vida del museo y de la mía.

Ella sonríe desde la distancia. Todos se giran. Algunos aplauden. Adrián mira al asistente 90% perro, que sigue pendiente de Adrián, observándolo con rostro inexpresivo y moviendo la colita.

Su mujer, con un gesto, saluda tímidamente a los asistentes. El tiempo parece ralentizarse para Adrián. Su incomodidad va en aumento y pese a que apenas han transcurrido escasos segundos, vuelve a demandar la atención del público con un torpe y reiterado chasquido de dedos, como si llamara desconsideradamente a un camarero.

—Bueno, ya está bien —dice sonriendo forzadamente.

La mujer lo mira molesta. Adrián, ahora visiblemente sudoroso, piensa en lo que va a decir. Baja la cabeza, mira al público, se rasca la nuca mientras comienza a andar lentamente en círculos por el escenario.

—Esto muy poca gente lo sabe, pero, qué demonios, os doy una primicia. Supongo que todos los que están aquí habrán visto ese extracto en el viejo No-Do, en blanco y negro, que tanto revuelo causó en su momento. Ya sabéis, el de mi padre operando a un perro, un cánido, diría él, en su laboratorio. Papá siempre gozó del respeto de mucha gente, científicos, amigos... bueno, de la gente en general. Y es lo que suele pasar con ciertas personas que gozan de un estatus elevado, que son *famosos*, por frivolizarlo un poco. —Eva escucha espantada el discurso que su marido está improvisando—. Uno siempre tiende a idealizar a las personalidades que admira, ¿no es verdad? Es como cuando ves a una chica en la distancia y *wow*, te vuela la mente —Eva mira a su alrededor, avergonzada—, la enalteces tanto que luego, cuando estableces contacto, siempre resulta decepcionante. —Duda durante un momento—. Creo que pasa algo similar con los famosos. Yo, por suerte o por desgracia, conocí bastante bien a mi padre. Mi famoso particular. Yo sé cómo era realmente, y sé que en ese mítico reportaje, que se ha repuesto hasta la saciedad a lo largo de los años, en realidad, no todo lo que relucía era oro. Recuerdo que a mí, particularmente, me molestó bastante lo que hizo con nuestra mascota. —El público masculla, cuchichea entre sí, Eva baja la cabeza y se toca la frente indisimuladamente—. Sí, era nuestra perra, mi mascota de la infancia, Cometa. La perra tenía una edad avanzada, no lo negaré, problemas intestinales y dificultades para desplazarse, pero, aun así, a día de hoy, me sigue pareciendo una pobre excusa para cargársela —mirando a la nada— y usarla para ilustrar un jodido reportaje.

El auditorio está sorprendido e incómodo. Rawson parece mirar dentro de sí, sobrevuela las butacas sin detenerse en nadie. Se aventura a seguir hablando, intentando darle un tono risueño a una situación insalvable.

—Mi madre nunca lo habría permitido, pero cuando Cometa murió, mis padres estaban distanciados. Por desgracia, ella no pudo alejarse —y alejarnos— de él. Volvió a las pocas semanas, víctima del extraño poder de seducción que «Rawson Senior» ejercía sobre su mujer. Era buena, muy buena, y siempre anteponía el bienestar de las personas que la rodeaban, incluso el de mi padre, al suyo. A mi padre lo complacía por conveniencia, a mí, por amor. Si podía evitar cualquier palabra, cualquier acto que pudiese sentarme mal, lo evitaba. Aunque fuese una tontería como no terminarte las verduras. ¡Qué les follen a las verduras! No son importantes, lo importante es que tu hijo no lo pase mal por unas putas verduras. —Eva no sabe si huir o subir al escenario y bajar de allí al desquiciado de su marido—. Nos protegía, siempre, aunque a veces jugase en su contra. Y sí, tanto pensar en los demás hace que tu vida sea el felpudo personal de todo el mundo que te rodea. Porque, ¿sabéis?, mi madre también tenía aspiraciones, sueños y esperanzas. No estaba en este puto mundo para complacernos. ¡Gilipollas! —Casi interiorizando el insulto.

Algunos de los asistentes ríen mirándose entre sí, extrañados, conformando así un inaudible pero evidente: «Pero ¿qué coño?» general.

—Y muchos de esos sueños —continúa Adrián— se truncaron, precisamente, por ser una buena persona.

Su esposa mira desde la distancia con clara mezcla de preocupación y tristeza. No consigue dilucidar cuál sería la forma más adecuada de socorrer a su marido. Sólo puede seguir viendo cómo sigue deformándose el particularísimo «discurso de inauguración», que nada tiene que ver con el que habían preparado e, incluso, ensayado.

—Pero, sobre todo, sé que no habría permitido que mi padre embalsamara a Cometa, y mucho menos de manera prematura, porque ella la trajo a casa de un refugio, porque ella le puso el nombre, porque yo la quería, y porque para nosotros era parte de la familia. Supongo que para mi padre el camino emocional que dibujaron sus neuronas al conectarse entre sí era diferente. Lo entiendo, porque él pensaba, sólo pensaba, no era más que neuronas cuchicheando entre ellas. Bah, simplemente interpretábamos de manera distinta las cosas. Pero poner a la perra, mirándonos para siempre con esos ojos de vidrio, sentadita ahí, como perro guardián de su laboratorio, no me pareció muy empático por su parte.

Rawson, como si volviera en sí tras un desmayo, mira a su audiencia, aunque sin enfocar a nadie en concreto. Sonríe para, enseguida, empezar a reír, llevando la incomodidad de todos a un nivel inconcebible.

—Aunque visto con perspectiva es bastante gracioso. Así era mi viejo, su sentido del humor era prácticamente inexistente, excepto en momentos muy puntuales, como este que acabo de contaros. Durante mucho tiempo no pude acercarme a su laboratorio por miedo a encontrarme con mi perra más dura que el cemento fraguado a las puertas de su reino. Como un cancerbero que fue pudriéndose lentamente, hasta que un día desapareció, seguramente triturada por el camión de la basura. ¿Triste? Quizá, pero ¡eh!, la comedia por encima de todo.

Rawson no es el único que traga saliva.

—Probablemente, por cosas así moldeó a un ser humano defectuoso, con un sinfín de taras mentales, pero ¡joder, pedazo de anécdota a modo de chiste negro me dejó el cabrón!

Adrián se descojona solo mientras da vueltas alrededor del escenario.

—En fin, tengo que irme, les dejo con mi mujer —dice mientras se seca las lágrimas provocadas por su risa y su desconsuelo.

Adrián baja del escenario tras arrojar el micrófono por encima de su hombro izquierdo, como si echara sal para espantar a la mala suerte. Su mujer intenta detenerle infructuosamente, él, apesadumbrado, sale de la sala.

—No os mováis, por favor —ruega Eva a los asistentes mientras se dirige también a la salida—, en un momento empezamos con el turno de preguntas.

Eva, ya fuera de la sala corre tras Adrián, preocupada y furiosa. Se pone delante de él cuando está a punto de pasar a la sala principal.

—¿Qué coño ha sido eso?

Adrián no detiene el paso, continúa andando lentamente. Eva, cada vez más desesperada, tira de él cogiéndole por la chaqueta.

—Adrián, ¿qué te pasa?

Forcejea mínimamente con ella para zafarse de sus intentos por esclarecer lo que acaba de ocurrir en el minicine.

—¿Qué te pasa, Adrián?

Adrián se detiene abruptamente.

—Lo que me pasa eres tú —dice extraordinariamente calmado—. Es todo esto, me siento continuamente abrumado, y ya no puedo más, me supera…

—¿El qué?

—Todo… —dice en un volumen casi inaudible—. ¡Todo, Eva! —exclama repentinamente exaltado.

Ella da un paso atrás.

—¿Qué quieres decir? ¿Qué quieres decirme?

Sin poder exteriorizar la batalla que se libra en su cabeza, Adrián sigue caminando en dirección a la salida del museo.

—Déjalo, Eva.

—¡No, no! —gritándole e impidiéndole avanzar—. Lo has echado todo a perder y quiero saber por qué.

—Deja de actuar. Esto no te importa una mierda. Yo no te importo una mierda.

—Adrián, ni se te ocurra echarme la culpa. Sólo quiero saber qué te pasa —relajando el gesto y la actitud—. Esto es de locos. ¿Por qué no quieres hablarme? —pregunta entristecida, acariciándole el rostro con ambas manos.

Rawson intenta serenarse. Espera unos instantes, disfruta del gesto de su mujer.

—No estamos bien, Eva.

—Sí, lo sé —reafirma la evidencia con auténtico pesar—. Pero anoche los dos hemos puesto de nuestra...

—Anoche fue desesperación, supervivencia —interrumpe— pero no amor.

—¿Qué tonterías dices? —exclama aferrando con más fuerza la cabeza de su esposo—. Mis sentimientos por ti no han cambiado.

—¿No? —pregunta con énfasis irónico.

—Mis sentimientos por ti no han cambiado —repite, enfatizando, teatralmente, cada palabra.

Adrián tuerce el gesto. No puede evitar dolerse profundamente por lo que él entiende es descarada hipocresía. Se muerde la lengua e intenta repetir mentalmente la última frase de Eva. Gritándosela para sus adentros. Imponiéndola sobre todo lo malo. Intentando creerla de corazón: «Mis sentimientos por ti no han cambiado», rebota en su cabeza.

Adrián se libera de las manos de su mujer, agarrándoselas como si de pelotas antiestrés se tratasen, causándole algo de dolor, incluso. Acto seguido besa lentamente el dorso de ambas manos, con tristeza. Después, muy calmadamente, se marcha rumbo a la salida.

Finalmente, Eva, llorosa, secunda la decisión de Adrián. Respetando su desgarradora huida. Parece comprender que empeñarse en ir tras él sólo puede empeorar las cosas. Permanece inmóvil, rígida como una tabla, con las manos cerradas, temblorosas a causa de la fuerza que está ejerciendo. Las venas de manos y brazos parecen a punto de estallar. Cierra los ojos. Respira hondo. El temblor de sus puños apretados decrece. Poco a poco abre las manos y los ojos. Se dirige parsimoniosamente a la sala principal. En ella se detiene a contemplar sendos cadáveres, centrándose en el que tiene el nombre de su marido. Lo recorre con la mirada, de arriba abajo, hasta desembocar en su placa: «ADRIÁN». Acaricia la textura lisa del metacrilato, tras las que están impresas cada una de las letras, a las que, a través de sus yemas —fantasea— les transmite una dulce sensualidad.

Como en muchas otras ocasiones, siempre asociadas a momentos de incomodidad, de fricción, de distanciamiento entre ella y su esposo, Eva rememora la anécdota, *el cuentito*, como lo tiene catalogado en su pensamiento. La historia de aquella noche, unos cuarenta años atrás, en la que ella participó, pero que, en buena medida, por cómo se sucedieron los momentos, completó con información proporcionada por su esposo Adrián.

Comienza, como siempre, por ver el dormitorio espacioso. El mismo que comparte con Rawson, pero que, en aquella ocasión, cuando ella tenía doce años, era el de los padres de su amigo Adrián. La habitación está alumbrada por la luz del televisor que emite un programa sin volumen que nadie ve. Sentada en la cama, descalza, respaldada sobre el cabecero, está Elsa, la mamá de Adrián. El adolescente está tumbado en medio de la cama, en posición fetal, cubierto por una manta pequeña, de cuadrados, tipo escocés. Sentada en el suelo, a los pies de la cama, acariciando a la gata, la propia Eva. El animal se llama Diana y está gravemente enfermo: el hígado, como argumentan todos menos Rawson padre, que siempre especifica: el páncreas.

Esa es la primera postal por la que ella, cada vez, comienza a contarse el cuento.

Adrián se quita la manta de encima. Se despereza y se sienta, amodorrado. Se pasa la mano por el cuello y por la cara. Suspira. Los tres llevan casi dos horas allí. Ya no hablan, aunque lo hicieron durante la primera hora de reunión en torno a la gata, recordando anécdotas vividas junto a ella.

Adrián mira la hora en el gran despertador de la mesilla. Enseguida, también lo hace Eva. Elsa se dispone a girar su cuello para ver el reloj.

—Las doce y cinco, mamá —se adelanta Adrián.

Elsa asiente.

—Me voy a la cama un rato —dice Adrián—, ¿me llevo a Diana?

—Déjala aquí, no la movamos demasiado —sugiere la madre.

—Pero vendrá papá.

—No subirá antes de las dos, no te preocupes. Cuando venga te la llevo a tu habitación —dice Elsa, apenada.

Adrián se baja de la cama. Acaricia levemente a su gata. Mira a Eva.

—Me quedo un ratito más —le dice ella a su amigo.

Este trozo intermedio del cuento es parte de lo que Eva no vivió en persona, porque se quedó con la madre de Adrián mientras él se fue a su habitación. Sin embargo, siempre que evoca la escena lo hace eligiendo seguir a Adrián. Como si en el montaje definitivo de su película, hubiera eliminado esa hora en la que permaneció junto a Elsa y la gata en el dormitorio de los padres de su amigo.

Eva sabe que Adrián apoyó la mano sobre la manilla de la puerta de su habitación y, antes de abrirla, miró en dirección al cuarto de su madre.

Adrián abre la puerta de su dormitorio, entra, deja la puerta entreabierta y se tumba en su cama. Mira el techo con los ojos abiertos de par en par. Mientras, no cesa de morderse los labios. (Eva nunca se atreve a contarse los pensamientos de Adrián en esos instantes). Después, se pone en posición fetal, se cubre de cuerpo entero, pasando la sábana por encima de su cabeza, y cierra los ojos apretando mucho los párpados. Los párpados van cediendo. Por un momento parece dormir plácidamente, pero enseguida empieza a entreabrir los ojos. Adrián escucha una especie de llanto contenido, pero incesante, proveniente de la habitación de sus padres. Se levanta de la cama lentamente, como si, demorándose, pudiera dar tiempo a que el final de su gata no sea el final. Se acerca suspirando, levantando apenas los pies, tristísimo.

La puerta de la habitación está entreabierta, dejando pasar el haz de luz proveniente del jardín. Empuja la puerta.

Elsa gimotea arrodillada a los pies de la cama, donde yace el cuerpo, petrificado por el rigor mortis, de una gata blanca con manchas negras. Eva permanece en el suelo, acariciando un brazo de Elsa. Ve a su amigo a punto de entrar.

—Hace un rato —dice mirando a Adrián.

Los ojos del animal están abiertos por completo.

Elsa, con temblorosos movimientos, acaricia el cuerpo del animal.

Adrián se queda en la entrada, con la mirada perdida evitando enfocar a Diana.

La madre de Adrián se vuelve hacia él.

—No le puedo cerrar los ojos, Adri —y su llanto se desata.

Los tres arrodillados ante el hoyo en el que Adrián deposita a su gata muerta. Están en la parte trasera del jardín, tras la casa, en esa franja angosta que sólo se pisa cuando se corta el césped, tarea que sólo hace el jardinero.

Eva ve, a lo lejos, al padre de Adrián, mirando el entierro mientras fuma en pipa. Esa madrugada no subió a dormir a la habitación. Nunca deja de pensar la última frase del recuerdo, la que pronunció Elsa, y jamás puede hacerlo sin que se le dibuje una media sonrisa, como de venganza satisfecha, mientras ayuda a Adrián a rellenar la sepultura de Diana: «Con Cometa como guardián del laboratorio ya es suficiente».

Eva apoya su mano sobre la de Adrián, quieta sobre el montón de tierra que acaba de aplanar. Hasta ese momento, su amigo, cabizbajo, miraba en trance la tumba improvisada de su última mascota. Ahora, dibujando una ligera sonrisa, mira a Eva. Ella, con expresión compasiva, asiente sutilmente. La mano de la chica permanece sobre la de su aliado, mientras este agarra algo de pasto en un lento gesto. Lo arranca, sintiendo el frescor de la tierra con total ausencia de miedo.

Eva respira hondo una última vez y poniéndose su curtido escudo de profesionalidad, regresa con fuerzas renovadas a la sala de cine. Intentará arreglarlo todo, darle un final sensato a este gran contratiempo y no pensará más, aunque sea por hoy, en Adrián.

Rawson camina nervioso por la calle Montera, incrementando el ritmo de sus pasos hasta sentir su corazón latiendo con fuerza. Avanza ocupando su atención en los movimientos motrices —los brazos, las piernas—, en esquivar la basura desperdigada por la acera y, sobre todo, en evitar pensar en lo sucedido. En conducción automática, como hiciera unos días atrás, ejecuta el mismo recorrido por esta calle peatonal que no lo acerca a su casa. Pero esta vez lo hace con fuerza, confianza y total ausencia se sumisión, mirando desafiante a las prostitutas. Como si ellas tuviesen la obligación moral, como minoría demonizada, de soportar el peso de los pecados ajenos. En el duelo de miradas por la supremacía de esa corta calle de Madrid, que esta vez ellas no pueden ganar, Adrián encuentra una vigorizante victoria en los parpadeos nerviosos, en las miradas esquivas, las cabezas gachas y las discretas huidas que conquista con cada zancada. Gestos que, asume, son fruto de su nueva naturaleza. Adrián se cree el centro de atención, y el descubridor de una nueva verdad, de una nueva forma de moverse, capaz de instruir a futuras generaciones en materia de existencia. Se siente incómodo de tan cómodo que se halla con la percepción que ahora tiene de sí mismo, con su nuevo estatus de viandante intimidatorio, con esa nueva forma de violencia no verbal que despide. Una violencia que, para el resto de las personalidades ligeras de ropa, emperifolladas y ultra perfumadas, pasa inadvertida.

Al llegar a Sol, Adrián, con la cabeza bien alta, como la estatua de un militar altivo, disfruta brevemente de su nueva condición privilegiada, exhibiéndola sin pudor ante el resto de los transeúntes promedio. Un efecto que no tarda en desparecer, al recordar que debe regresar a casa. Entonces, se detiene, y desinflándose como un globo que acaban de pinchar, rehúye de la grandiosidad, contrayéndose, volviéndose uno más, parte ínfima de un todo, integrado en el resto de la turba.

Adrián toma la imposible decisión de continuar andando indefinidamente, o hasta que los músculos se desgarren y el dolor físico pueda sustituir al dolor emocional que abraza desde que —ahora sí, plenamente consciente de su desdicha— tiene uso de razón.

Mientras el taxista cobra la carrera, Rawson, agotado después de horas de vagar con desvariado rumbo, ve desde el asiento trasero cómo se apaga la tenue luz del dormitorio de la primera planta del chalet. No culpa a Eva por no tener ganas de retomar la discusión del museo, el lamentable incidente de la tarde. Tiene que estar muy molesta. Él también, aunque seguramente lo están por razones diferentes. Razones que agradece no le ayuden a desenterrar a las dos y media de esta madrugada.

Entra en la habitación poniendo cuidado en hacer el menor ruido posible, aun a sabiendas de que ella no despertaría, pues no está dormida, según cree, sino sólo silente. Silente y cabreada.

El ritual que precede a meterse en la cama es más rápido de lo habitual. Tarda segundos en lavarse los dientes y desnudarse. Sólo se alarga el tiempo que dedica a hacer pis. No es que haya bebido, pero cae en la cuenta de que lleva unas diez horas sin orinar. La última vez, cuando junto a Eva, Gus y Claudia no tardaron en beberse el Veuve Clicquot, bien frío, con que ella entró en su despacho del museo. Brindaron por la inauguración de la sala de cine. No puede echarle la culpa de todo lo ocurrido posteriormente a las dos copas de champán. Aunque, como pensó durante el viaje en taxi que lo trajo a casa, quizá el efecto indeseado de la mezcla del alcohol burbujeante con algo que comió, por ejemplo, fuera una buena excusa para iniciar una disculpa acerca de su comportamiento, en la dudosa posibilidad de que Eva no fingiera estar dormida y sí estuviese dispuesta a intentar dilucidar el disparatado comportamiento de su esposo.

Sentado en la cama, abre el bote de los somníferos, produciendo, adrede, infantilmente, un ruido más notable que el habitual al desenroscar la tapa y agitar el frasco para hacer caer sobre su mano los comprimidos. Como cuando niño, algunas noches, en lugar de gritar que tenía miedo a la oscuridad, tosía para convocar los abrazos de su madre. Ahora, casi cinco décadas más tarde, hace ruido para dejarle claro a la que, supuestamente, duerme a su lado, que está realizando el ritual previo a apagar la luz como todas las noches.

No quiere que le quepan dudas. Sin embargo, hay un cambio —un engaño—: cierra el bote sin haber cogido ningún comprimido. Bebe agua. Apoya el vaso sobre la mesilla con más énfasis que el de otras noches.

Se acuesta y apaga la luz.

No quiere conciliar el sueño. Fingirá estar dormido y ella le creerá.

Son exactamente las cuatro de la madrugada. Adrián está solo, sentado en su lado de la cama, desnudo, mirándose los pies apoyados en el suelo, escuchando su rítmica respiración. Escuchó todo el ritual sin mirar ni decir palabra: Eva se levantó a las tres y cuarenta, fue al baño, se vistió, salió con los zapatos en la mano, etc., etc. Se fue de casa hace diez minutos. Desde entonces, está sentado. Se levanta con calma. Mientras hace pis le resulta extraño pensar que está actuando como si supiera lo que va a ocurrir, como si estuviera viendo una película por segunda vez. Coge su móvil y llama al taxi.

Verde luz de la verdad

Supo por dónde y cómo entrar en silencio. Todo está en penumbra. La única luz que destaca, también de forma tenue, es la ligeramente verdosa de los tanques de la Sala Principal que contienen a los dos cadáveres, y que baña levemente el pasillo central. También el silencio es notable. Por un momento piensa en encargarle mañana a Luis una selección musical, que nadie escucharía, para emitir durante la madrugada. Una tontería. Adrián camina muy lentamente por el vestíbulo de la entrada. Levanta la vista hacia la cámara que lo enfoca desde lo alto. Tiene la seguridad que está momentáneamente ciega, pero: «Pareciera que un objetivo no puede dejar de mirar, aunque quiera evitarlo», piensa y espera recordar la frase cuando todo haya pasado. Se acerca por el pasillo hacia la Sala Principal, con mucho sigilo. Pasa frente a la tienda de regalos, mira de reojo su reflejo en el cristal, lo intuye, más bien: raído pantalón de chándal, camiseta rotosa bajo el abrigo abierto —única prenda que en invierno utiliza diariamente para venir al museo—, gastadas zapatillas Adidas que usa con frecuencia desde unos diez años atrás, despeinado. Pegado a la cristalera, se pone de espaldas a ella y continúa avanzando. Hay otra cámara exactamente frente a él, pero no levanta la vista para encontrarla, sino para ver, casi completamente oculto en la oscuridad, el retrato de su padre, allí arriba, convertido en sombríos manchones grises. Está a punto de llegar a la zona del pasillo donde a un lado está la Recepción y al otro, la Sala Principal. En la Recepción titilan un par de lucecitas rojas del sistema telefónico que, por un momento, le parecen ojitos curiosos, como de un pequeño roedor parpadeando. Con la espalda contra la pared, las palmas tocando el vidrio, Adrián continúa encaminándose hacia el leve verdor de los tanques de los cadáveres. De allí, el territorio más especial del museo, proviene la voz femenina que comienza a oírse, susurrando, siseando palabras indefinibles, como si de una letanía intencionadamente incomprensible se tratara. Cuanto más se acerca, y lo hace centímetro a centímetro, más claramente se distingue la voz. Es la de Eva.

¿Si encontrarla era lo esperado, por qué siente que la perplejidad le va a cerrar la glotis por completo? ¿La voz? ¿Esperaba verla, pero no escucharla?

Le llegan los susurros que ya comienzan a ser palabras, frases que no hay que descifrar. Decide detenerse porque, aunque no la ve, ya puede oír claramente, muy cerca, la voz de su mujer. Oraciones que se cierran con un silencio que parece estirarse durante los mismos segundos cada vez, hasta que se inicia el siguiente enunciado.

«…pasear por el museo del Prado… o simplemente, caminar, me encanta caminar por la ciudad… siempre, siempre, haga lo que haga, te llevo en mis pensamientos… y en mi corazón —una risita como de niña pícara, o maléfica—… Espero que no te parezca muy cursi, pero es así…».

Rawson ladea su cabeza, intentando escuchar la réplica de Fabrizio. Quiere asegurarse, oírla de manera nitidísima para armarse de razón y tener la potestad de ajusticiarlo con sus propias manos. Obtendría así, a modo de patético premio de consolación, un ínfimo momento de liberación, de excarcelación de ese cúmulo de sentimientos que lo reconcomen. Serían justificados sus bramidos, sus saltos y celebraciones al haber cazado a su mujer en tan execrable traición conyugal. Su momento ha llegado y no puede esperar más para salir a la tribuna a exponer la demoledora resolución del caso. Sin embargo, espera…

No hay respuesta. Y eso no inquieta ni tranquiliza a Adrián. Se encuentra casi al final de la pared que separa la Sala Principal del pasillo. Si da un paso más dejará de estar oculto tras el muro y se expondrá a ser visto por Eva. Espera a que ella continúe con su monólogo, si es que es eso lo que es. Pero ahora sólo se escuchan unos levísimos sonidos que no alcanza a desentrañar. Decide asomarse ligeramente. En un rápido vistazo cree ver a Eva enfrentada a los tanques y, por lo tanto, de espaldas a la pared tras la que él está oculto. En el suelo, a la entrada de la sala, su abrigo y sus zapatos. Ni un segundo tarda en volver a estar completamente oculto. No tarda mucho más, algo confiado por la posición de ella, en volver a asomarse.

—Pero ¿qué? —dice Rawson para sí al ver la escena.

La brutal sorpresa que a punto está de hacerle perder pie, le impide gestionar la revelación. Durante todo este tiempo ha batallado por asumir una verdad para él inequívoca, pero ahora esto le resulta tan incomprensible y dista tanto del trauma al que tenía que hacer frente, que Adrián no puede más que permanecer inmóvil, mirando, escuchando…

Eva está exactamente frente al recipiente que contiene el cadáver recién incorporado al museo, el que ella ha bautizado «ADRIÁN», según reza en la placa identificatoria. Habla al cuerpo flotante, mientras acaricia el rectángulo de metacrilato tras el que luce su nombre.

—Hoy te traje a Dante. Te gusta, ¿verdad? —dice Eva.

Mira la portada del libro. Luego vuelve la vista hacia el cadáver y se reconviene risueñamente con un gesto.

—Ay, discúlpame, claro que sí. Te debo parecer una de esas personas necias que citan a un escritor, o a un poeta, como si fueran las únicas que lo conocieran. Perdona, Adrián, perdona...

El cuerpo de Rawson permanece oculto tras la pared, pero su cabeza asoma ya sin disimulo. Observa, absolutamente sorprendido, olvidado de sí mismo, lo que su mujer está haciendo y diciendo. Por un momento teme ponerse a gritar su perplejidad, pero traga saliva, se contiene.

Eva abre el libro de Dante, el mismo que desde hace unos días descansa en su mesilla de noche. Lo hace por una página señalada con un doblez en la esquina superior.

—No sé si te gusta esta costumbre, pero no puedo dejar de hacerlo, tengo miles de páginas dobladas en la esquina —dice con una sonrisa de disculpa—. Seguro que tú puedes enseñarme mucho más de lo que yo puedo enseñarte a ti, y espero que algún día puedas hacerlo, nada me...

Eva detiene su parlamento repentinamente. Adrián se oculta por completo tras el muro. Ella se vuelve. Ha escuchado un ruido. Quizá él descuidó su respiración o su saliva al tragar. Rawson aguanta la respiración con la espalda adherida a la pared. Enseguida, Eva retoma su «charla» con el cadáver.

—Esto me gusta especialmente... Tengo una voz horrible, y para colmo, ya sabes, mi miedo de siempre: no sé cómo te llegará el sonido después de atravesar el cristal y la solución en la que estás, pero ahí va... *A través de mí visitarás la ciudad del llanto* —comienza a leer—, *a través de mí entrarás en el dolor eterno, a través de mí andarás entre las personas perdidas...* —otra vez ese espacio de silencio al final de la frase—. ¿Te ha gustado? Espera, espera, tengo otra sorpresa —dice antes de cerrar el libro—. *Attraverso di me visiterai la città del pianto, attraverso di me entrerai nel dolore eterno, attraverso di me camminerai tra le persone perdute...* —dice en un acento italiano muy estimable.

Adrián, nuevamente surgiendo de detrás de la pared, está observando a Eva. Parece estar contemplando una aparición fantasmal. Mucho más fantasmal que las que últimamente su desquiciado cerebro le pone ante sí. Seguramente porque es consciente de que esta escena no es un trampantojo dibujado por su interior más enfermo, sino un acontecimiento real, un acto que está ocurriendo delante de sus ojos, y de los de cualquiera que estuviera aquí o lo viera a través de las cámaras si no estuvieran apagadas.

—Qué horror. No sé cómo me atrevo. Soy una osada. ¿Te gusta que lo sea? Seguro que me he equivocado en un montón de palabras. Pero, en fin, creo que mis clases de italiano no van mal. ¿No? Quiero estar preparada para cuando tú y yo podamos estar unidos. Más unidos…

No es simple terror el sentimiento por el que Rawson está invadido, es un desconcierto que parece capaz de hacerle perder el juicio. Hasta este momento no ha temido por su cordura. No realmente. Ni siquiera después de las alucinaciones o fantasías que ha ido incorporando a su día a día. Ni cuando conversó de tú a tú con el espectro del cadáver a quién ahora su mujer recita a Dante, y le cuenta su parecer acerca de cosas mundanas, ha hecho que la noción de sí mismo en el mundo naufrague como lo está haciendo.

Eva deja caer el libro y el sonido retumba en la cabeza de Rawson con terrible estruendo. Le cuesta ordenar con algún tipo de sintaxis lo que está viendo. Desconoce si lo que está a punto de estallarle es la cabeza o el corazón. Ella rodea el tanque con sus brazos, se aferra a él con sus manos y empieza a besarlo con todo el cuerpo, como una adolescente entregada a la amorosa lascivia de su primera pasión.

Pasa de besos tibios a unos extremadamente febriles. De sensuales caricias tímidas a magreos desenfadados ejercidos con violencia. Por un momento, al verla adherirse casi sobrenaturalmente al gran tubo de cristal que contiene al cadáver Adrián, el Adrián vivo —aunque quizá herido de muerte—, teme que el tanque se resquebraje, se rompa y los trozos atraviesen la carne de su amorosa mujer.

Eva pasa la lengua por la superficie del cristal, totalmente entregada, absolutamente atravesada por la más desatada de las pasiones. A Rawson se le filtra en su entendimiento la esperanza de que la mujer a la que adora, a la que tanto le debe, frene, recupere la sensatez, despierte y deje de quitarse ropa: la blusa, la falda, la ropa interior… Comprende enseguida que no hay esperanza: Eva, desnuda, no deja de restregar todo su cuerpo contra el enorme frasco, convertida en una animal imposible, con inimaginables habilidades que le permiten convertirse en una especie de lujuriosa gelatina que haría posible alcanzar el cuerpo del habitante del receptáculo aun sin atravesar el cristal que los separa.

Eva frota su vulva contra el enorme recipiente, cada segundo con mayor intensidad, impregnándolo con la secreción de flujos vaginales que se dibujan una y otra vez con densos trazos. El desquiciante anhelo de notar el tacto de la piel del cadáver mutilado, la impudicia desaforada, la hace gemir cada vez más alto y frotarse con mayor brutalidad mientras no deja de susurrar:

—Adrián… Adrián…

Si Eva girara la cabeza vería a su esposo, Adrián Rawson, lloroso, negando una y otra vez con la mirada clavada en la escena, con el corazón latiendo a una velocidad insólita y el cerebro encogiéndose como si un gran puño lo exprimiera como a un estropajo. Pero que, reinando en este clímax, ella presienta que está siendo espiada por el hombre a quien tanto ama es una quimera tan desatinada como que Adrián deje de dolerse por este padecimiento inaudito.

Eva llega a casa con la misma sutileza con la que salió. Como si flotara. Desde la cama, Rawson, sin verla llegar, sólo escuchando los sonidos, puede, con ninguna opción de errar, describir lo que hace y cómo lo hace. El taxi disminuyendo la marcha hasta frenar; la puerta del coche cerrándose suavemente; ella abriendo el portoncito verde; sus pasos acercándose desde el jardín; la llave abriendo la puerta del chalet; la puerta abriéndose, cerrándose. Ya dentro de la casa, ella acercándose progresivamente al dormitorio. En la habitación, mientras él permanece en posición fetal, dando la espalda al *lado de Eva* puede *ver*, incluyendo los detalles más finos, cómo ella se quita los zapatos y los lleva en la mano antes de dar el primer paso que la dirigirá al salón; cómo deja el abrigo sobre el respaldo del sofá; cómo se quita la pulsera —aun sabiendo que es de las que está muy ajustada a la muñeca y no produce tintineo alguno—. Adrián duda: ¿Pasará por la cocina a beber agua fría o se encaminará directamente hacia las escaleras que la traerán hasta la cama? Arriesga que, por las horas —seis y cuarto, nunca regresó tan tarde de sus paseos—, subirá directamente a la habitación, no encenderá luz alguna, se meterá en el cuarto de baño en puntillas, arrimará la puerta cuidándose mucho de no cerrarla, se desnudará, hará pis hábilmente —dirigiendo el chorrito de orina hacia las paredes internas del inodoro y no en dirección al agua acumulada en el fondo—, no apretará el botón de la cisterna —ya lo hará cuando, como siempre, se levante antes que Adrián y luego vuelva a dormitar otro rato junto a él—, y finalmente se meterá en la cama sin generar apenas descompensación alguna en el colchón.

Ocurre exactamente eso. Rawson se vanagloria infantilmente de su acierto completo. Sonríe con una tristeza que agradece no ver reflejada en un espejo. Se mueve levemente.

Ella lo besa suavemente en la cabeza, tan suavemente que siente como si una finísima y larga aguja le atravesara el cráneo.

Colorines

Dos días atrás, Adrián cumplió diecisiete años. Trajeado de negro, atraviesa con recelo la capilla hasta llegar a un ataúd rodeado de coronas de flores. Se detiene frente al ataúd y asoma con gran escrúpulo la cabeza para mirar en su interior. Observa a su difunta madre. Un escalofrió recorre su cuerpo en ese primer visionado. Sin embargo, comprende que esa reacción inicial está más provocada por toda la expectación que le generaba llegar a este momento, que por la sensación que le produce ver a su madre así. No puede evitar pensar en ese día, en lo aterrado que estaba por percibir a su madre de esa nueva y desconocida manera. Pero una vez allí, y más allá de ese escalofrío reflejo, se sorprende por la ausencia total de emociones. No siente nada. El rostro inexpresivo de Elsa rivaliza con el de su propio hijo, que en lo único que puede pensar, mirándola, es en lo maquillada que está. Jamás vio a su madre tan maquillada en vida. Han mancillado su esencia, la identidad de su adorada madre, untándola con pringues. Nada de esto es natural, todo es irreal en estos momentos. Un artificio creado por su imaginación. Quizá la ausencia de reacciones se deba a la falta de aceptación —como días después desentrañaría con llantos incontrolados—, a la incapacidad de creer que su madre —retocada con cosméticos de los que en vida siempre renegó— se haya ido de manera tan prematura, sin dar señales claras de un declive fisiológico, a causa de un infarto tan repentino como fulminante.

Adrián, mientras continúa mirando a su madre, piensa egoístamente en sí mismo. En lo que será de él ahora. Sólo le queda su padre, elucubra resignado, asumiendo la cadena perpetua con deportividad que sólo deja evidenciar un ligero gesto de pesar.

Se aproxima aún más a la cara de su madre. Se encorva agarrándose del féretro que envuelve la figura mortecina, vestida con un solemne decoro lóbrego, en total contraste con su tez y con la personalidad que encarnaba en vida. Adrián la besa en la frente. Se reacomoda tembloroso dando un paso atrás, acompañado por el crujir del suelo y el olor a cera y flores.

Una figura se aproxima a él a sus espaldas, apoya la mano sobre su hombro. El adolescente gira apenas el cuello, eleva la mirada con desidia. Su padre lo mira apenado.

—Adrián, es hora de irnos a casa.

Al día siguiente, Elsa fue enterrada en el cementerio de La Almudena, de Madrid. O eso le hizo creer Rawson padre a un hijo que aún no estaba preparado para hacer las preguntas correctas.

El reloj de los pájaros

Adrián tiene los ojos abiertos y doloridos. No ha podido cerrarlos desde que llegara del museo de madrugada, ni de dolerse desde entonces. La escena que ha visto hace unos cuarenta minutos, incluso deformada por neblinas y con secuencias montadas disparatadamente, no ha dejado de sucederse en su cabeza. No le extraña que los ojos le duelan, seguramente a causa de la mezcla de llanto, insomnio e incomprensión.

En la casi completa oscuridad del dormitorio sabe que Eva duerme plácidamente a su lado y que hoy tampoco llegará a tiempo al museo. Ninguno de los dos lo hará. Y ese es un hecho inaudito. Por diferentes razones ambos están tan agotados como para haber perdido la noción del tiempo y de la responsabilidad. Y como para que no les importe.

Rawson razona que la mañana empieza mal. Está más seguro que nunca de que lo que está viendo ahora mismo en la pared más cercana a él no es un sueño, ni una fantasía, sino, más bien, una presencia tan real que espera que Eva no despierte y se vuelva hacia su lado: no quisiera tener que presentarle al monstruo que ha parido su desquiciada psiquis.

Es el mismo cadáver con el que hace unas horas Eva hizo el amor en el museo. También el mismo con el que él ha tenido ya más de un encuentro —en el despacho, en la Sala de Cine—, y a quien escuchó, con quien charló, a quien desafió y temió. El cuerpo mutilado que su esposa bautizó con el nombre de Adrián. Sin embargo, no es *exactamente* el Adrián que habita el tanque de Súper Formol ni el que se le aparece en el museo, es más bien una versión terroríficamente corrupta. Este que ahora está estampado, de espaldas a la pared, como lanzado hacia allí por una fuerza inconcebible, a unos quince o veinte centímetros del suelo, tiene sus tripas esparcidas por el exterior de su cuerpo, colgando; los pulmones —se adivina que eso son en la masa en que se han convertido— liberados de su cavidad torácica; dientes por el suelo; lengua temblorosa sobresaliendo casi por completo fuera de la boca —como un perro sediento—; las cuencas de los ojos secas y profundas, los globos oculares rodando por el suelo; un sangrante revuelto de carne e indefinibles jugos surgiendo de su entrepierna, donde no hay rastros identificables de sus genitales.

Las tripas comienzan a expandirse, reptando por suelo y paredes, trepando a los muebles, abarcando toda la estancia. Colgando de las lamparitas de ambas mesillas, de manera tétrica, agitándose rítmicamente, como péndulos de un reloj que marca una cuenta atrás ineludible, trozos de intestino independizándose del resto. Más intestinos inverosímiles que se extienden por todo lo ancho y lo alto de la cama que la pareja comparte. Se ramifican, desdoblándose, multiplicándose, hasta hacer de la habitación un mestizaje de materia orgánica y madera, ahora teñida por una capa de oscurísimo y reluciente color rojizo. Un espectro difundiendo sus vísceras, su olor y sus sombras por las paredes de la habitación. Chorreando. Abarcándolo todo. A medida que se extienden como raíces, se tensan, arraigándose con virulencia a las superficies que poseen, aferrándose a los recuerdos y a la vida de Adrián Rawson.

Desde la cama, mira al monstruo con resignación, vencido. El destrozado cadáver perfila ligeramente la cabeza en dirección a los ojos de Rawson, enfocándolo con las cavidades orbitales vacías, y devolviéndole una *mirada* piadosa, con total seriedad. El marido de Eva está a punto de rogarle que deje de mostrarse así, que, si no lo hace por él, lo haga por el amor de ambos hacia ella. «Si Eva despertara ahora, moriría de pánico», le dice con su pensamiento. No obtiene ninguna forma de respuesta, ningún cambio.

Entonces, tras unos segundos, decide cerrar los ojos después de tantas horas. Y se mantiene así, luchando inmóvil en su oscuridad, durante un tiempo imposible de medir. Deseando quedarse ciego.

El reloj de los pájaros señala las nueve y cuarto. Adrián está sentado a la mesa de la cocina. Su aspecto es tan lamentable que sólo alguien demasiado discreto diría que no ha pasado una buena noche, cualquiera mínimamente sincero aseguraría que ese hombre no ha pasado una buena vida. No se ha quedado ciego, pero sus ojos parecen seguir deseándolo. Sus globos oculares rojos, sus pupilas tenebrosamente negras, sus ojeras como esculpidas en arcilla sucia. No se ha preparado el desayuno. Está esperando. Y cualquiera que lo viera esperar y leyera su postura, su rostro, el cabello, sentiría miedo de su porvenir, y pena por su pasado.

Escucha los pasos descalzos de Eva bajando las escaleras. Acercándose a la cocina. Sabe cómo va vestida. Sabe lo que dirá dentro de unos momentos. Adrián no cambia su actitud, no se dispone a recibirla. No dirige la mirada hacia ella. También ella sabe lo que él hará y lo que no hará.

—Buenos días... amor —dice dudando de la veracidad de esa palabra, o más bien, de la naturalidad con la que la expresaba hasta ahora.

Él la mira después de girar muy lentamente el cuello, pero no responde. Cualquier otro día se besarían, pero a ninguno de ellos le sorprende que eso no ocurra esta mañana. Eva sobrelleva sonriente el escalofrío que le producen los ojos de su marido, aparta rápidamente la mirada de ese rostro irreconocible y se dispone a preparar café en la cafetera.

La interpretación de esposa intentando dar un aire de cotidianeidad a una situación inequívocamente tensa, también está entre las predicciones de Rawson. Y en las de Eva.

—¿Has dormido bien? —pregunta ella.

Adrián está sorprendido por la pregunta. Esperaba una frase más o menos tópica, cordial, pero no precisamente esa, que, en este contexto y aun previendo el intento de normalizar los rituales mañaneros a pesar del estado de excepción en que se encuentra la pareja, le ha sonado casi a cruel pregunta irónica, una de esas que ambos dominan y, generalmente, saben aplicar cuando batallan.

Él permanece en silencio, inmóvil. Eva, nerviosa, asustada, traga saliva al comprender que, elija las palabras que elija y acierte más o menos con la oportunidad de emitirlas, la actitud de su marido hará difícil sobreponerse a esta incomodidad, a este sordo latir del reloj marcando los minutos que faltan para que la explosión se escenifique y destruya la cocina. Con suerte, sólo la cocina.

—¿Quieres zumo? —dice sin mirarlo.

Adrián sigue sin responder. Sin moverse.

—Tenemos que comprar naranjas, a la vuelta del museo… —Eva hablando para sí misma.

Corta por la mitad dos naranjas sobre la tabla de plástico. No ve cuando Adrián suelta algo sobre la mesa. Él rememora mentalmente cuando Guaglianone lanzó las fotos sobre la mesa de la cafetería. Eva oye el ruido. Se gira levemente y puede ver que, en la mesa, al lado de su marido, que conserva la misma postura de un momento atrás, está el libro de Dante que anoche llevó al museo y del que leyó una frase al cadáver. Eva se vuelve con media naranja en una mano y el cuchillito en la otra. Enfrenta a Adrián.

—¿Te has metido en mi bolso?

Él permanece inmutable.

Eva deja todo lo que lleva en las manos sobre la encimera, se las seca con el paño de cocina. Son segundos en los que quiere decidir el modo más adecuado para encaminarse hacia la conversación que debería sacarlos de este estado y sumergirlos en uno nuevo. No llega a conclusión alguna pero allá va.

—Hablemos, Adrián, no quiero que...

Eva frena su incipiente discurso al ver que Rawson, lentamente, como si le dolieran todos los músculos, estira su mano en dirección al libro. Lo acerca hacia él arrastrándolo por la mesa hasta colocarlo al borde de esta. Durante un momento ambos se miran fijamente a los ojos. Él lo hace sin mover la cabeza, sólo las pupilas. Ella, quizá más triste que temerosa. En un tono monocorde, Adrián comienza a recitar de memoria, en voz muy baja y más grave, como herida por un alarido que hubiese lanzado.

—*Attraverso di me... visiterai la città del pianto... attraverso di me...*

—Por favor. Por favor, Adrián —intenta interrumpir.

—*... entrerai nel dolore eterno...* —continúa impasible.

—Adrián... —rogando con un un gesto de rezo de sus manos atrapando el paño de cocina.

—*... attraverso di me... camminerai tra le persone perdute*—sigue imperturbable, sin desviar su mirada enferma de los ojos, ahora cerrados y llorosos de su mujer.

—Te juro que...

—Yo también tengo que mejorar la pronunciación —dice Rawson mirando hacia la ventana de la cocina, tras la que se despliega el jardín ya soleado de este 30 de diciembre de 2018.

—Ha surgido, es algo que... dios... —dice Eva, perdida entre la maraña de palabras, todas inadecuadas, que se le enmarañan.

Se frota la frente, nerviosa, como si así pudiera abrir un camino sensato hacia dentro de sí.

—Frases hechas no, Eva, por favor —dice él en un tono burlón.

—Adrián —buscando un nuevo preámbulo.

—No me decepciones más aún.

Eva asiente una y otra vez. Se encuentra ridícula allí de pie, con un trapo en la mano mirando al amor de su vida que no la mira. Se percibe patética, con un nudo en la garganta.

—No sé... —comienza a verbalizar Eva.

Adrián vuelve a mirarla, esta vez, altivo, con esa mirada que parece haber aprendido la tarde de ayer caminando por Montera, como si la invitara a continuar sabiendo que cada palabra que ella pronuncie será utilizada en su contra.

—... no sé cómo ha ocurrido...

Él asiente con una media sonrisa que denota decepción al tiempo que evidencia que sus augurios acaban de dar en el blanco. Decide asistir a las explicaciones de Eva en silencio, subrayando cada una de sus frases con un leve gesto mordaz, dejándola desangrarse por la boca, sabedor de que, al menos en este primer acto de la discusión, ella no necesitará ayuda para dar salida a la masa de culpa que le ocupa el pecho. Rawson siente que despierta a una novedosa realidad en la que se ve dominador de la situación. Desdichado dominador. Y temporal, también sabe eso.

—... jamás imaginé que... No tiene nada que ver contigo: eres el hombre más... —repentinamente, sonríe abiertamente—. Lo siento, Adrián, sí, todo suena a esas frases de las películas de los sábados por la tarde... —espera encontrar complicidad que comience a desactivar este momento— de las que tanto nos reímos —pero no la encuentra.

Eva insiste, acrecienta su sonrisa hasta transformarla en suplicante risa. Pero sola no puede, y él no la ayuda a frenar el llanto. No la secunda, deja de asentir. Serio, y ella sabe que esa seriedad no es la que a veces se autoimpone Rawson antes de reír. Eso la entristece más aún. Esta gravedad es la que surge del mismo recóndito lugar del que nace, muy de cuando en cuando, su inapelable felicidad. Esta seriedad es auténtica, para combatir contra ella es necesario cambiar de estrategia, de armas, sepultar esta esperanza y lanzarse a pecho descubierto a intentar apresar un futuro muy improbable. Matar o morir. Esa podría ser una buena consigna. Y teniendo en cuenta que ella no está dispuesta a matar, las probabilidades de acercarse a un buen final, al menos a uno razonablemente bueno, son mínimas.

Eva toma aire, armándose de valor, sino de todo el que se necesita, al menos del indispensable para contarse esa bobada de que no todo está perdido. Se seca bruscamente las lágrimas, como si quisiera borrarse también los ojos.

—No he dejado de quererte... —dice ella en un susurro.

Adrián ladea algo su cara y, aunque sólo ella lo percibe, su marido suaviza el gesto que tenía hasta este instante. No es un buen momento para decir lo que tiene que decirle, pero no habrá momento mejor.

—... Pero me he enamorado de alguien.

Rawson reacciona mirándola fijamente, irritado.

—¿Alguien? —y la pregunta le parece que ha perdido frente la aseveración «¡Algo!», quizá más apropiada.

Eva sufre un espasmo. Asiente levemente. Niega varias veces con energía. Se encoge algo de hombros. Todo lo hace en un segundo.

—No es exactamente un enamoramiento. No es enamorarse, en realidad...

Frena porque debe toser. Es como si la glotis se le hubiese cerrado repentinamente. Se toca el cuello como si así pudiera digerir lo que le imposibilita seguir explicándose.

Adrián, al ver a su esposa a punto de colapsar, afloja la tensión, cambia su dureza por un intento de comprender. Está sinceramente conmovido. Se pone de pie y va hacia ella. La abraza. Eva se aferra a él apretándolo muy fuerte. Por un instante ambos creen que se ha obrado una especie de milagro. En el abrazo también hay sorpresa por el inédito giro de los acontecimientos. Y desconfianza, teniendo en cuenta la disparatada entidad de lo que, increíblemente, está ocurriendo en la cocina.

—Podemos arreglarlo —dice Rawson con tono desesperado—. Pediremos ayuda. Nos queremos.

Adrián separa levemente el rostro de Eva y lo besa con besos cortos e impetuosos en las mejillas, los párpados, en las comisuras de los labios...

—Sí, sí... —dice ella volviendo a sonreír y llorar—, claro que podemos...

—De alguna forma lo vamos a solucionar —afirma Rawson, tranquilizador y paternal.

Eva se distancia algo, sin pretender liberarse de las manos de Adrián. Ahora no llora y sonríe como pidiendo perdón de antemano. Mira a los ojos de su marido, quien comienza a dibujar una sonrisa que se frustra al momento: repentinamente, le parece estar frente a una extraña. Teme dejar de tener entre sus manos el rostro de Eva, un miedo irracional le asegura que, si la suelta, él perderá el equilibrio y ella huirá para siempre.

—Amor, quiero estar con él —sentencia Eva con un tono de voz que de tan firme a Rawson le parece un sonido llegado de una dimensión de la que ningún humano volvería.

Al propio Adrián le da miedo pensar en la cara que tiene en este momento, la cara que ella está viendo con verdadero horror. Suelta el rostro de su esposa y, sin embargo, no pierde pie. Ella, expectante, duda como si tuviera muchas posibilidades de reaccionar y, a la vez, no tuviera ninguna más que quedarse esperando delante de él.

Tras un lapso imposible de medir, Rawson, furioso, se quita de encima a Eva, empujándola con tal fuerza que le causa dolor en ambos brazos. En una décima de segundo discrimina que los músculos que le duelen como si se le hubieran partido, son los bíceps y tríceps de ambos brazos, y también los músculos flexores, especialmente —odiándose por ejercer ese grado de finura en la descripción del dolor— el flexor largo del pulgar del brazo derecho. El grito que emite es apenas un chillido, casi inaudible.

Eva sale despedida y cae contra uno de los muebles repleto de cristalería y vajilla, la diaria y la de la madre de Adrián, casi nunca utilizada. Ante el impacto, las puertas de los armarios —también de cristal—, junto con todos los vasos y las copas, se rompen, caen al suelo, se esparcen como astillas brillantes por el suelo. El estruendo es corto pero muy notable. Para cuando el estallido decrece y sólo hay leves crujidos producidos por los movimientos también leves de Eva en el suelo, Rawson superpone otro dolor, más intenso al que padecían hasta hace un segundo sus brazos. Ver a su mujer tirada en el suelo, recibiendo los cientos de pequeños reflejos de la luz rebotando en los trozos de cristal y de porcelana, lo traslada a un territorio nuevo, inadmisible hasta este preciso momento.

¿Cómo es posible que la haya empujado con semejante virulencia? ¿Es verdad que estas son las consecuencias de este acto injustificable y no otra de sus fantasmales ensoñaciones? ¿Ha sido realmente él quien cometió esta salvajada y no un enviado de su recóndito infierno personal?

Con cortes de distinta intensidad, gravedad e incluso tono de rojo de las estrellas de sangre que comienzan a brotarle en la cara, el cuello, los brazos, las manos, Eva intenta levantarse del suelo plagado de vasos, copas y platos rotos, posando sobre los restos de algunos de ellos las palmas de sus manos. Su cara no manifiesta ni siquiera sorpresa, como si todo su ser estuviera dedicado, simplemente, a recuperar la verticalidad, pasar por el cuarto de baño para aplicarse alcohol en las heridas, ducharse, vestirse y salir rumbo al museo. Como cualquier otro día laboral.

Rawson siente descender su palidez desde el rostro hasta los pies. Intenta no perder el equilibrio extendiendo los brazos hacia ambos lados, compensando los vaivenes de su cuerpo, como si se tratara de un equilibrista caminando por un cable colgado a muchos metros de altura. Se siente un verdadero idiota. Un pelele despreciable. Un parásito que no merece vivir. Un verdadero hijo de puta. Un niño aterrorizado.

—Evita...

Desde el suelo, sin mirarlo, intentando centrar toda su energía en incorporarse, su mujer dice algo que no se oye, una frase que, finalmente, sólo escucha ella, repitiéndose con un eco imposible en su interior:

—Siéntate, Adrián, vas a caerte, siéntate...

Rawson la ve mover los labios. Está asustado de sí mismo, pero se resiste a que este estado sea irremediable. Tiene que poder dar un par de pasos hacia adelante, ir en ayuda de la mujer de su vida, de su amor, de esa persona ensangrentada, aterida de un frío inesperado, una gelidez provocada por él.

A Eva no le resulta sencillo ponerse de pie e irse de la cocina en dirección al cuarto de baño, o en dirección a cualquier sitio que la aleje de ese tipo desquiciado que no la merece. El aspecto que presenta parece más el de víctima del ataque del típico psicópata de peli de serie B para adolescentes, que el de víctima de un intento de homicidio a manos de su pareja a punto de morir desangrada. Aun sin verse enteramente sino sólo fugaces flashes de sí misma —esquirlas de cristal clavadas en el dorso de las manos, pequeños manchurrones de sangre extendiéndose por la camiseta blanca, la sensación de un líquido chorreando lentamente desde la frente hacia el párpado de su ojo derecho...— cree que necesita una limpieza más que una cura. Intenta nuevamente comunicarse con su marido, pero, esta vez, ni siquiera escucha una frase coherente en su cabeza. Sólo consigue armar un gemido difuso. Ni siquiera eso la asusta. La situación le sigue pareciendo factible de ser superada. Otra cosa son las consecuencias de este acto en la pareja, las secuelas a las que habrá que hacer frente.

«Hasta aquí hemos llegado», piensa Eva. Y ese pensamiento cambia su percepción de las cosas. Repara en el poder de las palabras. Se maldice por haber considerado que «hasta aquí hemos llegado». Se esfuerza por creer que, después de la ducha, y quizá compartiendo sensatamente una botella de vino, ambos sentarán las bases de la nueva forma de relación que, necesariamente, deberán fundar. El problema, quizá, es que esa maldita frase que no debió escribir en su cabeza coincidió con el tropiezo de uno de sus dedos con algo a la altura de su cuello. Y no precisamente una esquirlita más de las muchas esparcidas por su cuerpo.

Rawson, horrorizado, vio el momento, el tropiezo de uno o varios dedos de la mano derecha de Eva con el fragmento de una de las tazas que tiene clavado a la altura de la garganta. En la arteria carótida.

—No lo toques —alerta Adrián dando un primer paso, una primera tentativa de avanzar hacia ella, arrastrando un pie.

Del cuello atravesado por el trozo de taza profundamente incrustado, mana un fino hilo de sangre. No un borbotón, afortunadamente, elucubra Rawson, que consigue despegarse del suelo y avanzar decididamente hacia su esposa. Se arrodilla a su costado, sin atreverse a abrazarla, tanteando el aire a su alrededor, sin saber qué hacer. Eva vuelve a tocar el trozo de taza, intenta agarrarlo para tirar de él, pero sus temblores se lo impiden.

—¡Eva, no! —grita Adrián sujetándola por la muñeca—. No te lo quites, amor —intentando armarse de una imposible serenidad—. Mejor así. Que se quede ahí. Déjalo así, por favor.

Adrián, la coge por detrás de la cabeza con su otra mano. Eva asiente y deja muerta la mano que su esposo le sujeta. Ahora él libera la mano de Eva y despeja los cristales y restos de loza desperdigados alrededor del adorado cuerpo de su esposa, como si espantara miguitas de una sábana.

—Tranquila...

La cabeza de Eva comienza a temblar notablemente en la mano igualmente temblorosa de Adrián. Es como si mutuamente se hubieran unido en sendas posturas imposibles de conjuntarse, desequilibrados. Los párpados de Eva ocultan la mitad de sus pupilas, como si estuviera a punto de caer en un sueño inevitable.

—Voy a llamar a una ambulancia, Eva, tranquila, te pondrás bien... —dice Rawson al tiempo que duda acerca de si será capaz de otra cosa más que permanecer junto a ella haciéndole promesas imposibles de cumplir.

Eva mueve los labios diciendo algo incomprensible tras lo que dibuja una media sonrisa. Rawson no quiere hacer conjeturas acerca de nada para evitar una conclusión que le gangrenaría el cuerpo de culpa.

Eva, mientras se desvanece su sonrisa, niega con la mirada perdida y los ojos muy abiertos.

—Voy a llamarlos y verás como...

Se aferra a Adrián con tal fuerza que ambos cambian de posición, reacomodándose. Él parece interpretar adecuadamente el pedido silente de su mujer y deposita suavemente la cabeza de Eva en el suelo, desde donde vuelve a sonreír fugazmente, aprobando la acción de su esposo. Adrián mira hacia la mesa, donde está su móvil.

—Cojo el teléfono, llamo a...

Ella lo coge fuertemente de la manga de la vieja camiseta, y tira hacia abajo, como si quisiera fijarlo al suelo de cerámica para siempre. Sus ojos son ahora dos bolas rojizas en las que las pupilas parecen difuminarse.

Eva traga saliva, intenta hablar, pero sólo gime.

—Tranquila, amor, estoy aquí, contigo, será sólo un momento, verás cómo muy pronto...

Ella niega una y otra vez con la cabeza. Con furia. Como si le pareciera imposible que su pareja no comprendiera el mensaje. Adrián, aturdido, debe sobreponerse y actuar. Se zafa de ella con violencia. Las uñas de Eva desgarran la tela de la camiseta a la que estaba asida. Rawson se levanta y se lanza sobre su móvil.

—¡Estoy aquí, amor! —dice sin dejar de mirarla.

Coge su teléfono y vuelve al lado de su moribunda esposa.

—Llamo y verás como enseguida...

Eva, desesperada, no deja de negar con la cabeza.

—Sí, amor, sí —dice al tiempo que comienza a marcar: uno...

Eva lanza un gemido al tiempo que vuelve a coger el trozo de taza atravesado en su garganta.

—¡Eva! —grita Rawson soltando el móvil.

Con ambas manos sujeta la de Eva, separa los dedos aferrados al trozo de loza.

—¡Suelta, coño! —dice temiendo romperle los dedos en su empeño por evitar que quite ese pedazo de loza que actúa como tapón y evita que su mujer se desangre rápidamente.

Adrián consigue dominar las manos de Eva. Ahora la tiene cogida por ambas muñecas y la mira reprobatoriamente como a una niña desobediente. Ella suspira y vuelve a negar. Abre extremadamente los ojos. Levanta levemente la cabeza del suelo, como invitando a su esposo a que la mire con atención. Adrián tiene su mirada clavada en las rojeces llorosas de su mujer, que toma aire y exhala un sonido parecido a un:

—No —y afloja todo su cuerpo tras un llanto que obliga a su marido a atenuar la presión de sus dedos sobre las muñecas primero y, enseguida, a soltarlas.

Parece haber comprendido que debe tener paciencia, a pesar de que quizá el tiempo se esté agotando, y entender lo que ella quiere acabar de comunicarle.

—¿Qué, Eva, qué?

Ella coge la mano en la que Adrián tiene el móvil y, muy seria, tajante, dice, esta vez clara y desgarradoramente:

—¡No! —el hilo de sangre que sale al exterior por la hendidura que produjo el trozo de taza se vuelve algo más caudaloso después de la negación de Eva.

Adrián, muy extrañado ante la rotundidad de su mujer, que sigue negando y repitiendo su «No», pero ahora nuevamente inaudible, se le queda mirando, perplejo, olvidado ya de la necesaria urgencia en socorrerla. Eva arrebata el móvil de la mano a su esposo, que no opone resistencia —como vencido de antemano ante cualquier camino que le imponga su mujer— y lo deja caer al suelo.

Acaricia la mejilla de Adrián, ahora sin temblar al hacerlo. Sus ojos parecen haber perdido somnolencia. Eva no llora. Su sonrisa es la misma que la de las mañanas de casi todos los días, la que precede y rubrica el primer beso de la jornada.

Rawson la mira confundido, aunque complacido por esos notables cambios en el rostro, la actitud y hasta en la postura de Eva. Por un momento, cree que incluso las heridas que salpican el cuerpo de su mujer han comenzado a cicatrizar mágicamente. Ni siquiera ve señal negativa alguna al comprobar que, tras dos intentos por hacerse entender, por verbalizar algo más que un «No», por desarrollar una idea que será victoriosa, y a la que él se plegará porque ella siempre lleva la razón, porque es la más sensata, la más sabia, la que puede salvarlo de la terrible vergüenza que amenaza con paralizarlo para siempre, a Eva se le escapa un denso borbotón de sangre por la boca. Entiende que es el necesario paso previo para articular la frase que iluminará el resto de sus vidas.

—Por favor... Adrián... Hazlo... —dice ella con perfecta dicción, escupiendo apenas unas cuantas gotitas de sangre.

Rawson respira agitadamente. Ha interpretado perfectamente el mensaje. Podría jugar a que no ha sido así, pedir explicaciones o, directamente, negarse. Quizá debiera hacerlo y continuar con la idea, seguramente más razonable, de llamar a la ambulancia. Pero no puede fingir que no ha comprendido cabalmente el ruego de su esposa. Adrián asiente con cabezadas cortas, una y otra vez. Espera que ella comprenda a su vez que no aprueba su decisión, pero que tampoco se opondrá a llevarla a cabo.

—Es lo mejor... —dice Eva sabedora de que no deberá esforzarse más por hacerse entender, por hacer que él cumpla su última voluntad—. Podrás explicar que ha sido un accidente... Que es lo que ha sido... Un accidente. Hazlo y luego... llama a la ambulancia, y diles que tu mujer... acaba de tener un...

Adrián toca con su dedo índice los labios de Eva, que deja de hablar y sólo sonríe. Ahora la sangre no deja de manar por su boca y por la herida de la garganta. Sus ojos vuelven a ensombrecerse. Emite un suspiro de agradecimiento. Ya no hay nada más que hablar.

Mientras ambos se miran, asegurándose de que el otro no está a punto de arrepentirse de lo que ha dicho, de lo que va a hacer, de lo que dejará que le hagan, Adrián coge el trozo de taza que sobresale del cuello de Eva y, sin temblar en absoluto —sacando a relucir su pulso quirúrgico—, comienza a extraerlo. Mientras lo hace, comprueba que el fragmento es una especie de iceberg: el extremo que puede coger entre índice y pulgar es mucho más pequeño que la parte que permanece dentro y, lentamente, va emergiendo. Cuando completa la operación, ambos comprueban que eran tres cuartas partes del total las que se clavaron en la carne.

Eva sonríe agradecida al ver el trofeo que sostiene la mano nuevamente temblorosa de Rawson y al sentir el caudal fluyendo cuello abajo, pintando de granate el pecho, la axila, el cuerpo y la camiseta. También la ropa y el cuerpo de Adrián que se acerca con mucho cuidado de no hacerle daño, pero acaba abrazándola, apretándola contra sí, como exprimiendo la posibilidad de extraer de ella una solución milagrosa que la mantenga con vida. Se separa lo suficiente el cuerpo de Eva como para poder apreciar su rostro sonriente. Él, en cambio, no puede evitar que las lágrimas rueden por su cara y por la rápida agonía de su esposa. Desvaneciéndose, sin perder la sonrisa, ahora la voz de Eva suena clara y profunda.

—No podría haber elegido entre tú y el amor... —dice, satisfecha con la última frase desmedida, barroca, quizá incomprensible aun para ella que dirá en vida.

Eva intenta en vano levantar su mano en dirección a la mejilla de Rawson.

Ya no le quedan fuerzas y la mano cae a plomo sobre el suelo de la cocina, cada vez más teñido de sangre.

Amplía su sonrisa. Es una mujer feliz. Cierra los ojos. Muere en los brazos de Adrián, que llora desconsolado.

Abraza el cuerpo de su mujer durante largo rato. Sus brazos comienzan a dolerle y los músculos destrozados avisan de que lo mejor es no tardar en depositar delicadamente a Eva en el suelo. Se mira la sangre de su mujer muerta empapando su ropa y su cuerpo. Repara con sorpresa en el trozo de taza, también ensangrentado, que aprieta con fuerza entre sus dedos. «Pero ¿qué hace esto aún aquí?», piensa literalmente. Examina el pecio que le acaba de extraer a Eva, lo eleva por encima de la línea de sus ojos, como si necesitara examinarlo al trasluz. En él lee: «AMOR», y completa mentalmente la frase de la taza que le regalara en su último aniversario de casados.

Rawson mira el reloj de los pájaros. «Hora del fallecimiento: nueve y veintinueve», piensa y sabe que nunca lo olvidará.

La ciencia de la eternidad

Adrián comienza a bajar con gran dificultad la estrecha escalera semicircular que lo lleva al despacho y laboratorio que fuera de su padre. Descender es una tarea dificultosa, aunque no tanto como otras que le esperan a lo largo del día. El dolor de los músculos de sus brazos es constante, salpicado, además, por imprevistas punzadas que, al pisar un nuevo escalón, le obligan a detener durante unos segundos su bajada. Sólo lucha por sobreponerse a la idea de que este terrible esfuerzo que está haciendo acabe por inutilizar sus brazos, sus manos, e imposibilite así la labor que se ha impuesto después del involuntario crimen que acaba de cometer. Se repite una y otra vez: «involuntario». Y también se repite que, por mucho que reitere el matiz, nunca acabará por creer que se ha tratado de un accidente. Probablemente sólo la muerta esté convencida de que él no ha querido acabar con la vida de su mujer.

Lleva en brazos el cadáver de Eva. Ambos están ensangrentados. Rawson ya no llora, porque al trabajo se va llorado de casa. A medida que se acerca a la mesa de autopsias parece ir invistiéndose —a pesar de las circunstancias, de su aspecto exterior y de sus fuertes dolores musculares— de un tono general de profesionalidad que hacía años no sentía. Se concibe tan responsable de lo que ha sucedido como de lo que ya está empezando a suceder.

Su plan —la muerte de Eva no fue planeada— no sufrirá accidente alguno, no habrá lugar para el azar. Sabe que ni el estado de su cuerpo ni el de su cerebro, impedirán que después de unas cuantas horas de extenuante quehacer, esté apaciblemente dispuesto a ponerse en manos de la Justicia.

Tras dos horas preparando todo lo necesario: los líquidos, las herramientas, el sistema de embalsamamiento («la máquina de embalsamar»), etc., Rawson se dispone a comenzar el proceso, a «aplicar la receta» como decía siempre su padre. El dolor de su musculatura ha dejado paso a una cierta insensibilidad que agradece. Al menos por ahora su malestar no parece haberse extendido hasta el final de sus extremidades superiores. Claro que las tareas que ha realizado hasta este momento no han necesitado el movimiento demasiado fino de las manos, de los dedos: «Veremos ahora». Siente, eso sí, un leve cosquilleo en las yemas de algunos dedos, pero se sobrepone pensando que se trata de algo *mental* y que cuando comience, su extrema concentración —sabe que nada podrá impedirle alcanzarla— le hará olvidar todo lo que no ayude a llevar a cabo su empeño.

El cadáver de Eva ha estado esperando este largo rato tumbado sobre la mesa del pequeño laboratorio al que, en vida, tanto le costaba bajar. Cuando lo hacía, procuraba permanecer allí pocos minutos. Esto no lo piensa Adrián: sabe que lo último que debe hacer ahora es dejarse invadir por recuerdos. La nostalgia, ya de por sí peligrosa en cualquier circunstancia, es inadmisible en esta situación. Ya habrá tiempo para regodearse en ella llegado el caso: tendrá todo el que le queda de vida.

Se apresta a practicarle las intervenciones necesarias al cadáver de su esposa. Ni siquiera suspira a modo de preámbulo. Tiene mucho trabajo que hacer. Trabajo que hace años no realiza. La última vez ni siquiera debió ocuparse de toda la labor, sino que se dedicó a supervisar al equipo que intervino el cadáver de Adrián, el último gran reclamo del MFC.

Ajusta la dirección de la pequeña cámara que, montada en un trípode, apunta hacia el cuerpo de Eva. Paso a paso comienza a ejecutar la receta.

PASO 1

Desnuda a Eva. Está descalza. Lleva el pantaloncito del pijama, las bragas y la camiseta. Como siempre, no tiene pendientes, cadenas ni anillos. Corta las prendas con la tijera. La reacción durante estos primeros momentos está desprovista de cualquier nota cercana a lo erótico: ese cuerpo desnudo que tanto lo *distraía* se ha convertido en otra cosa, al parecer. Se felicita interiormente por haber comenzado la larga labor con buen pie, centrado en el objetivo para el que se formó durante tantos años, sin importarle que este no sea un cadáver anónimo, sino el de una de las personas más importantes de su vida. Y a la que acaba de cargarse hace un par de horas. Su padre estaría orgulloso.

PASO 2

Lava el cadáver con sustancias químicas y germicidas que previamente ha preparado. Lo hace para eliminar la posibilidad de que cualquier bacteria pueda generar efectos adversos en el cuerpo de su esposa muerta. «Asesinada», piensa. «Involuntariamente», matiza. Y mientras lidia con esas intromisiones, no deja de ejecutar con eficacia y ritmo certero las primeras labores.

Seguidamente, limpia los orificios de nariz y boca. A ella nunca acabó de gustarle su nariz, algo rechoncha en la punta, según repetía con frecuencia. Su boca sí le gustaba. Y sus dientes. Rawson, separado de la piel de Eva por los finos guantes quirúrgicos y por la distancia que la muerte determinó, contiene el primer impulso de acariciar, aplicando algo de fuerza con el pulgar, los carnosos labios, sombríos ya. Tapa nariz y boca con los algodones, evitará así que salgan fluidos potencialmente desagradables al olfato. Después, sutura la boca para prevenir que el cuerpo se contamine por factores externos. Procede con tal dulzura que, aunque le diera esas puntadas estando con vida, ella no sufriría. «No sonrías ahora, por favor, Eva», fantasea que le advertiría, aguja en mano. Una brisa de espíritu risueño refresca a Rawson mientras pasa la aguja curva a través de la mandíbula, por debajo de las encías hasta el tabique en la parte superior. Como un costurero que conoce los sutiles secretos del oficio, evita que, al atar el hilo este quede demasiado ajustado, así conseguirá darle una apariencia natural al submaxilar. La crema que aplica en los párpados y labios para evitar que se resequen, ayuda a otorgar naturalidad al rostro. Toda la que se le puede dar a una cara muerta. Pero al distanciarse algo de la tez de Eva, Adrián concluye que, sin duda, el hecho incontrastable de haber muerto feliz ayuda a que la diferencia entre su aspecto de hace un rato, cuando vivía, no sea demasiado diferente del que presenta ahora.

PASO 3

Masajea los grupos de músculos principales para aliviar la tensión y mueve las articulaciones. La musculatura no está demasiado tensa, eso ayudará a que no aumente la presión extravascular, por lo que no espera que el fluido de embalsamamiento se desvíe de los sitios a los que debe dirigirse. A pesar de ello, es básico no saltarse este paso de la receta, del que se permite disfrutar, dedicando más tiempo del acostumbrado a masajear brazos, piernas, abdomen, pecho... Coloca luego el cuerpo boca abajo, y le satisface sentir que los músculos de sus brazos han recuperado fuerzas y apenas hay noticias del dolor. Acaricia la espalda de Eva y enfatiza la presión progresivamente. Llega a los glúteos: luego de masajearlos casi con rudeza, dedica suaves caricias que decide no alargar para seguir con el proceso y que el tiempo no comience a jugar en su contra. Vuelve a acostarla boca arriba. Le parece fantástico que hacerlo apenas le requiera esfuerzo.

PASO 4

En los hombres, la incisión para embalsamar las arterias se hace cerca de la base del músculo esternocleidomastoideo y la clavícula. En las mujeres o en personas más jóvenes, el lugar más común es el área femoral. Ella ya no es joven pero no puede concebir una mujer *más mujer* que Eva. Introduce de manera simultánea el fluido de embalsamamiento. Se trata una mezcla de formaldehído, agua y otros productos químicos secretos. En realidad, más que secretos, podría decirse de difícil formulación. El *toque* Rawson, el ingrediente que en su momento ha sumado el *Súper* al viejo y ya muy efectivo *Formol* de su padre, no ha mostrado jamás al mundo la fórmula precisa, según asevera la leyenda. La mezcla entra por una arteria mientras extrae la sangre de una vena cercana, o del corazón, como es el caso. Realiza allí la incisión. Inserta el tubo de drenaje, practica una atadura alrededor del lado más bajo del tubo. Hace lo propio con la arteria, pero, en este caso, como es debido, inserta una cánula en vez de un tubo de drenaje. Siete litros y medio de fluido de embalsamamiento son los necesarios. Adrián no suda, no tiembla, no siente dolor alguno, sino esa vieja felicidad que percibía cuando era poco más que un novato y alcanzaba este mismo nivel de satisfacción que ahora percibe al ser consciente de lo excelente profesional que es. Que le ocurra esto después de tantísimos años de ejercicio de su profesión —y de tantos de no realizar esta operación— satisface de un modo juvenil a su amor propio.

PASO 5

Enciende la máquina de embalsamamiento y el fluido comienza a distribuirse. El siseo del artefacto funcionando le resulta tremendamente evocador. Le recuerda a la sensación que tuvo cuando, después de veinte años de haber estado allí por última vez, visitó la escuela primaria donde cursó estudios desde los seis hasta los once años. Perplejidad ante la desproporción del tamaño del patio, de las aulas, en su momento enormes y ahora, revisitadas, tan pequeñas.

Mientras se realiza el embalsamamiento, lava el cuerpo amado con jabón germicida, asegurándose que el proceso de drenaje transcurra correctamente. Masajea las extremidades para así empujar la sangre hacia afuera y la solución de embalsamamiento hacia adentro. Sigue sin sobreponerse a su profesionalidad sentimiento lascivo alguno. Nota que las venas se *marcan*, ganan en consistencia. Como debe ocurrir: el fluido entra a las arterias y entonces empieza a haber presión en las venas. Buena señal: el torrente embalsamador se está moviendo por el interior del cuerpo. Rawson abre el tubo de drenaje yugular cada cierto tiempo para expulsar sangre y aliviar así la presión. Luego, reduce lentamente y, cuando queda el 20% de la solución, apaga la máquina. También se maravilla por este silencio. Pasa la cánula al otro lado de la arteria que ha decidido inyectar. Al hacer esto, embalsamará la parte bloqueada previamente por la cánula. Disminuye la presión: no es necesaria tanta, pues el fluido sólo tiene que recorrer una distancia corta.

Lo invade cierta pena: la tarea está llegando a su fin. En realidad, lo que está concluyendo es esta importante parte de la *gran* tarea. Da un paso hacia atrás, como un pintor que pretende abarcar su obra desde una perspectiva general. Está satisfecho. Apaga la máquina definitivamente cuando aún no se ha acabado el fluido. Pero es suficiente así. Lo sabe: la intuición también se aprende, y él lo ha hecho a lo largo de décadas. Retira la cánula. Ata las venas y arterias utilizadas. Sutura las incisiones. Precinta con polvo, asegurándose de que no haya ninguna fuga.

PASO 6

Emprende la aspiración de los órganos. No es una labor menor, pero se pone a ello como si dibujara una rúbrica mil veces ejecutada. Turno del trócar, utilizado para perforar la pared de una cavidad corporal, como el abdomen, por ejemplo, para con él aspirar los órganos. Limpiadas las arterias, higieniza ahora la parte interna de los órganos antes de que se formen bacterias y gas. Aspira la cavidad del pecho insertando el trócar 5 cm. a la derecha y 5 cm. arriba del ombligo de Eva. Hace una limpieza general de los órganos huecos: estómago, páncreas e intestino delgado. Aspira la cavidad baja. Retira el trócar, lo voltea y lo inserta en la parte inferior del cuerpo: aspira el contenido del intestino grueso, la vejiga, y en este caso, el útero. El tema de los hijos que no han querido tener hace una aparición tan fugaz que desaparece de su conciencia un segundo después de hacer su presentación. Llena con algodón el recto y la vagina para evitar filtraciones. Inyecta por gravedad el fluido de cavidad en el torso. El método de inyección por gravedad se usa para empujar el fluido de cavidad hacia los órganos huecos, esterilizándolos y preservándolos.

PASO 7 (no forma parte de la receta original)

Sabe que debería retirar el trócar y cerrar su agujero con un tornillo, hacer una limpieza general y guardarlo, y eso es lo que haría en circunstancias normales. Esta no lo es por más de una razón. Prácticamente arroja el trócar a la pila. Ni siquiera abre luego el grifo. Sabe que no volverá a usarlo jamás.

Ahora sí, suspira ligeramente feliz, nostálgico y agotado. Mira durante un largo rato a Eva. La recorre de la cabeza a los pies, como si comprobara que cada centímetro de su cuerpo está en las condiciones adecuadas para encaminarse hacia la siguiente etapa. Pero, en realidad, no se trata de un visionado profesional. Si lo fuera, no habría lágrimas desbordándose mejillas abajo.

Adrián Rawson apaga la cámara. Coge el teléfono móvil. Busca el nombre. Teclea.

El agua ausente

Uno de los guardias que esperan fuera se acerca al cristal. Los tres que charlan dentro se vuelven hacia él, que levanta su mano abierta, enseñando la palma, separando sus dedos indicando «Cinco». Los entrevistadores asienten, miran el reloj: faltan cinco minutos para que se cumplan las tres horas acordadas.

Rawson suspira y mira el dorso de sus manos apoyadas sobre la mesa:

—Cinco —dice—, los años que me quedan aquí dentro. Me merezco cada minuto de encierro.

Ambos entrevistadores miran con tristeza a Rawson, ensimismado.

—Se me ha pasado volando —dice Miguel.

Adrián sigue observándose las manos.

—¿Quién te ayudó? —pregunta secamente Roberto.

Levanta la vista de sus manos y mira de soslayo a los dos. Asiente sonriendo.

—Creía que no lo preguntaríais.

—Ha sido algo que quedó poco claro, digamos —dice Roberto.

—Sí, al juez tampoco. Y es lógico: no he sido claro.

—Ni lo serás ahora… —dice Miguel con una media sonrisa.

—Es evidente que no pude haberlo hecho todo yo solo. Una parte sí, claro, la parte científica, digamos. Pero la parte logística, la mudanza…

—Uno piensa que Fabrizio... Literariamente, él sería...
—dice Roberto.

—Sí, el guion parece pedir que... —sumándose a la insinuación de su padre.

Rawson sonríe abiertamente, contagiando a Miguel y Roberto. Repentinamente parecen tres amigos recordando una travesura que los unió hace tiempo y, por tanto, los unirá por siempre.

—Todo es ficción, ¿no es cierto, muchachos? —dice Rawson.

Padre e hijo asienten. El primero en cerrar su cuaderno es Miguel, que enseguida coge del suelo su botella y bebe. Roberto suspira y cierra su libreta.

—¿Vosotros de qué lado estáis? Si es que estáis de alguno. Que espero que sí —dice el preso echándose hacia atrás en la silla antes de continuar.

—¿De los que creen que cometí un terrible asesinato, o de los que piensan que le regalé el más bello y generoso acto de amor que un hombre puede ofrecer a una mujer?

Roberto suspira. No quiere decir nada porque el tiempo se acaba y cree que quedarían demasiadas ideas flotando sin encontrar un sitio al que ir.

—Espérate a leer la novela, ¿no? El guion no, que leer guiones es un tostón —dice Miguel.

Adrián sonríe.

—La novela... Intenté conservar nuestro amor en vida... —dice Adrián mientras busca, sinceramente, el modo más adecuado de decir lo que quiere decir— pero, gracias a mi padre, creo que he podido hacerlo en la muerte... —se encoge de hombros—. De alguna manera sé que es así.

Hijo y padre asienten mirando fijamente a Rawson, sin acabar de comprender y conteniendo el deseo de abrir nuevamente sus cuadernos.

—El amor, al fin y al cabo... también es dejar ir —concluye Adrián justo en el momento en que uno de los guardias abre la puerta.

Los guardias entran. Rawson, Miguel y Roberto se ponen de pie. Se estrechan las manos en silencio.

—Suerte —dice Miguel regañándose interiormente por no haber dicho otra cosa, cualquier otra cosa.

Roberto traga saliva, pero no consigue desatar el nudo en su tráquea.

Uno de los guardias invita a los visitantes a salir. Va tras ellos por el pasillo en dirección a la salida.

El guardia que se queda en la sala ni siquiera tiene que gesticular para que Rawson se disponga a salir. De camino a la puerta, el condenado se acerca a la botellita de plástico que Miguel olvidó bajar al suelo la última vez que bebió. Rawson levanta la botella.

—La mesa está seca, Rawson —dice el guardia negando sonriente.

Adrián Rawson toca la mesa en el exacto lugar donde estaba apoyada la botella. Roza entre sí las yemas de sus dedos índice y pulgar, como estudiando la ausencia de líquido que ha atrapado. Entrega la botella al guardia.

—Qué sabrás tú —dice Adrián sonriente.

La inmortalidad dura
menos que el amor

Eva flota desnuda en el tanque que contiene la insuperable solución de Rawson hijo.

El cadáver llamado Leo ya no está.

Rawson, extenuado, con las mismas ropas ensangrentadas que llevaba unas horas atrás en su casa, en la cocina, en el laboratorio que fuera de su padre, mira ambos depósitos. Se escuchan leves sonidos que no lo alarman: sabe quién los provoca y a causa de qué: están acabando de recoger.

Los cadáveres, «EVA y ADRIÁN», según rezan las placas identificativas —la de Eva tiene un aspecto rústico, todo hace pensar que provisional, hasta que sea cambiada por la de metacrilato e iguale la de Adrián—, están metidos en sus respectivos tanques. Al contrario de cómo estaban dispuestos los cuerpos anteriores, estos están *mirándose*, frente a frente. Muy cercanos.

El científico, empresario y asesino, observa satisfecho su obra.

Se aproxima a su mujer y, alzando la mirada, ve su inanimado rostro. Acaricia el cristal sonriendo plácidamente.

Cruzando el vestíbulo en dirección a la salida, repara en el cuadro de su padre, allá arriba. Con ayuda de la larga escalera, lo coge. Agarrándolo con ambas manos lo contempla inexpresivo. Acaricia la leve rugosidad del papel.

Rawson se marcha de su museo con el cuadro bajo el brazo.

Ambos cadáveres, ADRIÁN y EVA, flotan en mitad de la noche.

Epílogo
El principio de la noche

Mi padre y yo casi no hemos cruzado palabra hasta llegar a la esquina de Montera y Gran Vía. Las pocas que nos dijimos en el metro han sido banalidades referidas al cansancio, algún aspecto de las instalaciones penitenciarias y el intercambio de la información reunida en nuestros cuadernos y en nuestras cabezas. No mencionamos a Rawson.

—Lo pasamos todo en limpio, nos lo mandamos y en dos o tres días nos reunimos, si te parece —sugiere mi padre.

—Vamos hablando —le contesto.

—Sí, ya nos iremos encaminando.

—Lo que dijimos: mantenemos la estructura del guion y a partir de ahí...

—Sí, van a cambiar muchas cosas, pero empecemos por respetar la estructura.

—Respetemos hasta que dejemos de respetar.

Nos abrazamos.

—Buen trabajo, tío —me dice.

—Igualmente —respondo sinceramente.

Nos separamos, caminando en direcciones opuestas.

Ya en mi pequeñísimo apartamento, me siento en mi gastada silla giratoria, frente al escritorio —la mesa del comedor—. Enciendo la luz del flexo y abro el ordenador portátil.

Hace un par de horas que la noche se instaló en Madrid. Hay un extraño silencio que se rompe con cada susurro que sale de mi cuaderno de notas al pasar cada una de las páginas. La misión a la que comienzo a enfrentarme, después de la novedosísima intensidad a que fui sometido durante la entrevista en la cárcel, parece encapsularme, aislarme en esta habitación. Por un momento fantaseo con que, hasta que papá y yo no acabemos todo el proceso de escritura, no podré salir de ese cubículo. Estoy atrapado. Y, sin embargo, eso no me parece una mala noticia.

Me quedo pensativo, meciéndome ligeramente en la silla. Escuchando el inadmisible silencio proveniente de la calle, del edificio, de la casa. Nunca el silencio ha sido tan cabal desde que vivo aquí: casi dos años.

De repente, miro a la puerta tras la que transcurre el pequeño pasillo que separa el salón del dormitorio. La de mi habitación está abierta, pero no puedo ver su interior. No puedo ver nada. La iluminación es nula. Y es extraño que así sea. No recuerdo haber bajado la persiana, pero, aunque así fuera, deberían colarse las luces de la calle por los intersticios de las lamas de madera de la persiana.

Apunto en la libreta: «El principio de la noche». Quizá sea un buen título para alguno de los capítulos. O para el epílogo.

Estoy mirando impasible la total oscuridad. Achino los ojos buscando alguna línea de luz, algún pequeño destello que desmienta esta cerrazón imposible. No lo encuentro. Antes o después tendré que meterme allí para acostarme en mi cama. Esa acción cotidiana ahora mismo me parece un desafío. Intento adentrarme en lo negro desde aquí, sin levantarme de la silla, como si operara una cámara y el *zoom* me permitiera acercarme lentamente, penetrar en ese denso cubo hecho de una materia oscura, pero, a la vez, algo gelatinosa. Creo que podría tocarla y sería como palpar una especie de poliedro acolchado que no absorbe, refleja ni emite luz.

Impulsado por una fuerza que me causa un dolor imposible de ubicar en alguna parte concreta de mi cuerpo, me levanto. Arrastrando los pies avanzo hacia ese agujero negro que me llama desde la habitación.

Entro sin encender la luz, sin alterar el frágil ecosistema de tribulaciones que mi mente ha creado en este momento. Ahora mismo todo es posible. Intento encontrar la cama extendiendo los brazos y moviéndome a paso cauteloso, como si ahora dudase de la ubicación de mi cama o de que tan siquiera ésta hubiese llegado a existir. Cada paso en falso, en el que no doy con la consabida colocación de mis muebles, me hace reforzar la hipótesis de que estoy tentando a la suerte y de que pronto una sentencia me pasará factura por no ser supersticioso.

Al dar con la cama de un manotazo, mi inquietud adquirida unos pasos más atrás, decrece al instante, como un súbito trago de tequila que golpea directo a las tripas, cálido, rubricando la idea infantil de que todo va bien. Mi cerrazón vuelve a ser infranqueable y refuerzo esa idea con una frase en mi cabeza: «Todo tiene explicación en un mundo lleno de sinsentidos». Me siento en la cama, tocando la superficie de las sábanas como un *bonus track* de todo este ritual autoimpuesto. Ahora sí, con un buen punto de anclaje disfruto de la oscuridad, y de su significado por desentrañar, el significado de lo que tengo que aprender a estudiar. Para mayor comodidad, me apoyo, extendiendo el brazo hacia el centro de la cama. Pero algo no está bien, siento como si mi corazón volviese a latir, preparándose para una cruda escapatoria de mi tórax, abriendo mi pecho de par en par en un descortés «sálvese quien pueda». Pero no le juzgo, él sabe que no podré detener mi investigación. Continúo —ignorando por completo las señales de mi cuerpo—, deslizando la palma de la mano por la superficie de la cama, como si de una serpiente envenenada por su propia mordedura se tratase. A medida que avanzo por el colchón, noto en las yemas de mis dedos cómo la humedad se torna en viscosidad, hasta que de repente, contra todo pronóstico lógico: Toco algo. Carne, me atrevería a decir que carne muerta. Me retraigo automáticamente. Después, un escalofrío recorre todo mi ser, pero permanezco ahí, inmóvil y con la mano contaminada en alto, mirando a la oscuridad que encierra un misterio al que no estoy listo para enfrentar.

No veo absolutamente nada. Quiero escapar pero sé que no puedo. Tengo un trabajo que hacer, pero es imposible dejar de sentir esa húmeda y pastosa negritud en mi piel y en mi mente, como un hallazgo que va más allá del miedo. Ahora sí, puedo ver la inconfesable verdad de la humanidad, que nos disfraza de penitentes y nos hace pagar el alto precio de la muerte, con la vida. O dicho en términos llanos: la vida es dura de cojones.

FIN

Este libro se terminó de imprimir, por encomienda de la editorial Almuzara, el 5 de enero de 2024. Tal día, de 1875, en París, se inaugura el edificio de la Ópera, diseñado por Charles Garnier.